AF174420

berez
haziku

LAVINIA
O LAS LIDES DE VENUS

Y

OTROS RELATOS DE
AMOR Y EROTISMO

Título:
Lavinia o las lides de Venus, y otros relatos de amor y erotismo

Autores y autoras: Juan Manuel Gallego Cañizares,
Jorge L. Ramírez Ávila, Héctor Adrián Vera Calderón,
Viviana Hernández Alfoso, María Sofía Abarca
y Jorge Armando Berdugo Hernández.

1ª edición: 2024

Propietarios de los derechos de la presente edición:
De la edición, Alberto Uribarri ©2024, de las obras, sus
respectivos autores y autoras ©2023.

Imagen de portada: "El rapto de Proserpina" (detalle) de Gian Lorenzo
Bernini, (1621-1622) Galleria Borghese, Roma.
De Alvesgaspar - trabajo propio CC BY-SA 4.0
https://commons.wikimedia.org/w/index.php?curid=435691380
Creado el: 10 de septiembre de 2015
Subido el: 23 de septiembre de 2015

ISBN: 978-84-127388-8-9
DEPÓSITO LEGAL: BI 01106-2024

Printed in the EC

books factory

LAVINIA
O LAS LIDES DE VENUS

Juan Manuel Gallego Cañizares

Tres estatuas de mármol blanco de Venus, Baco y Príapo cubiertas con túnicas presidían la gran sala, cuyas paredes estaban tapadas por cortinas. De uno de los brazos de la imagen de Venus colgaba una pequeña campana, y a sus pies había un lecho amplio y una mesita, dispuestos a la manera de un escenario. Alrededor se disponían sillas, mesas con vinos y frutas, y al fondo lechos *tricliniarios*, de los usados para los banquetes. Una audiencia de hombres y mujeres de la clase alta romana, rodeados de esclavos y criados, llenaban la estancia, iluminada por la luz de una tarde de agosto. El anfitrión, Apio Manlio Escauro, de unos sesenta años, mediana estatura, algo grueso y ya casi calvo, se adelantó.

—Bienvenidos, oh nobles patricios y damas, a mi humilde villa pompeyana. Los aquí reunidos amamos el amor, en las múltiples variantes que Venus nos dejó, y también amamos el vino, regalo de Baco, y la fuerza de la naturaleza que debemos a Príapo. Y para honrar a nuestros dioses me he permitido organizar estas lides e invitaros a ellas. ¡Oh, diosa venérea, dios de las bacanales y dios de la fertilidad, permitidme ser vuestro siervo! Y bajo vuestra advocación, comencemos.

Se acercó a la estatua de Venus, que ocupaba la posición central del conjunto, y le quitó la túnica. La imagen quedó desnuda, que por la delicadeza helenística de sus formas y la calidad del material debía costar una gran suma. Después hizo lo mismo con Baco, que sostenía un cántaro de vino, y con Príapo, que tenía un enorme falo en erección.

A la vez los esclavos retiraron las cortinas de las paredes, y quedaron al descubierto frescos con pinturas de amantes en todas las posturas y combinaciones. Un murmullo de exclamación recorrió la sala.

—Tirias enumerará las reglas y después dos de mis siervos nos mostrarán la mecánica de las lides.

El llamado Tirias, un eunuco griego esclavo de Manlio y casi de su misma edad, entró seguido de dos jóvenes, hombre y mujer. El público se apartó y los tres se colocaron bajo la estatua de Venus. Una mujer vieja se colocó más atrás, observándolo todo. Tirias desenrolló un pergamino y comenzó a leer con voz solemne.

—Cada contendiente, hombre o mujer libre, participará, o bien en su nombre, o aportando un esclavo de su propiedad, o alquilando una prostituta, actor, gladiador o liberto de cualquier sexo.

»La cuota por participar es de quinientos denarios por contendiente, a satisfacer por adelantado.

»Los participantes se emparejarán por sorteo. El ganador pasará a la siguiente ronda y el perdedor será eliminado. Al inicio de cada ronda, se volverá a sortear.

»Si en una ronda el número de participantes es impar y uno queda libre, Manlio a su costa proveerá un participante, que competirá en su nombre.

»Cada lid se iniciará con el toque de campana, y se divide en lances. La duración de cada lance será de la décima parte de una hora, medida por una clepsidra. El amante activo tiene la iniciativa, y el pasivo debe obedecer sin negarse a los deseos del activo. Cuando el lance llegue a su fin, el árbitro dará dos palmadas y los amantes intercambiarán sus papeles. El activo del primer lance se decidirá por lanzamiento de una moneda.

»Se permiten las palmadas, azotes y estrujamientos que se dan normalmente en el amor. Insultos y palabras obscenas están permitidos. No se permiten golpes severos ni hacer sangrar al otro participante.

»En la primera ronda se intentará emparejar a hombres con mujeres. Si queda exceso de hombres o mujeres, se emparejarán entre sí, pues el amor entre iguales también place a Venus. En las siguientes rondas, los sorteos serán aleatorios. Las parejas de iguales sexos deben aceptar a sus amantes.

»La derrota de un amante es el espasmo del amor, el orgasmo. En el hombre lo marca la emisión de su esperma. En la mujer, el árbitro, con el consejo de la matrona Lenia, aquí presente y ducha en las artes de Venus, dictaminará en base a los rubores, movimientos y gemidos si la hembra ha alcanzado el éxtasis.

»El hombre, como naturalmente activo, debe permanecer erecto en todo momento, salvo que su amante sea masculino y él sea pasivo en el lance.

»Como premio al ganador de la lid, una vez haya derrotado a su amante, podrá continuar hasta alcanzar su propia satisfacción. El amante derrotado no podrá negarse a complacerlo.

»La mujer que esté en período de menstruación deberá avisar al árbitro, lavarse y participar.

»Los amantes entrarán desnudos a la zona de Venus. Se permiten falos de madera y toda clase de ungüentos, a excepción de los venenosos.

»El contendiente ganador de la final tendrá un premio de tres mil denarios. De ellos, se descontarán quinientos para las ceremonias en honor de Venus que se harán en esta villa.

»El árbitro seré yo, auxiliado por Lenia. En caso de disputa, el juez será nuestro anfitrión, Apio Manlio Escauro.

—Ahora, queridos amigos, dos de mis siervos más bellos nos mostrarán varios lances para ilustrar el funcionamiento de las lides. Servio, Siria, adelante —dijo Manlio.

Los esclavos se despojaron de sus túnicas y quedaron desnudos.

—No seáis tímidos, vamos —y Manlio tocó la campana. Los dos jóvenes se sentaron en el lecho y comenzaron a besarse y acariciarse.

—Veamos algunos lances. ¡Felación! —ordenó Manlio, mientras Tirias ponía a contar la clepsidra.

La mujer empujó suavemente al hombre hasta que se recostó y se introdujo su miembro en la boca. Siguió hasta que el reloj de agua llegó a su fin. Tirias dio unas palmadas y lo invirtió.

—¡Cunnilingus! —ahora el hombre comenzó a lamer el sexo de su compañera—. Acercaos si gustáis, queridos invitados, para apreciar mejor los lances, sin molestar

11

a los amantes. —Y tomando asiento en su silla *cathedra*, situada en primera fila, contempló la escena con satisfacción.

—¡Coito! —exclamó Manlio cuando el reloj terminó. El hombre llevó a la mujer al lecho y la penetró. Cuando cambió el turno, ella lo empujó de espaldas y se montó encima.

—¡Sodomía! —Un murmullo de asombro se extendió entre los presentes. El esclavo tomó un ungüento de la mesita, lo aplicó sobre el ano de la mujer y sobre su miembro, y la comenzó a penetrar. Ella aguantó mordiéndose los labios. Cambió el turno. Ella tomó un falo de madera, lo embadurnó de ungüento y penetró con él al hombre, que hizo un rictus de dolor. Después la mujer comenzó a masturbar al hombre, que terminó eyaculando entre estertores.

—Y la ganadora es Siria, ya que llevó antes a su amante al clímax. Servio, no la dejes así, transpórtala al goce.

El esclavo obedeció y comenzó a acariciar el sexo de su compañera hasta que esta llegó al orgasmo entre gemidos. Manlio les hizo un gesto y los dos esclavos se apartaron, aún desnudos.

—Además, para el natural desfogue de las pasiones que se desatarán al ver las lides, tenemos las mejores meretrices y hetairas, así como varones prostitutos, venidos de Pompeya, Nápoles y la misma Roma, que por módicos precios os satisfarán con gran alegría. Mi humilde villa os proveerá de vino y alimentos, así como aposento si queréis pernoctar aquí, por una modesta cantidad. Y os invitaré a mi costa a dos banquetes cada día, uno matutino y otro vespertino, en el que tendremos música y danza, y por supuesto abundante vino en honor a Baco. Y si gustáis podéis apostar en las lides, mis criados tomarán vuestras apuestas. Y sin más, procedamos a las inscripciones.

Los criados de Manlio iban colocando en tabillas el nombre de cada contendiente y en su caso el de su esclavo o patrocinado participante, y las iban subiendo a un tablero al lado de las estatuas. En una mesa Tirias apuntaba las cuotas de los contendientes y las de los hospedajes, y Manlio recogía las bolsas y contaba el dinero con ojos codiciosos. El negocio iba bien, más de treinta inscritos, y calculaba que descontando el premio y los gastos le quedaría una buena suma, aparte de las ganancias por hospedaje y las comisiones de las prostitutas y las apuestas.

—Terminadas las inscripciones, vamos a celebrar el primer banquete —dijo Manlio.

—Un momento —se escuchó al fondo.

Una dama vestida con una túnica y la cabeza cubierta por un velo se abrió paso entre los presentes, seguida por sus sirvientas y varios criados armados. Joven, esbelta y de mediana estatura, llegó delante de la mesa de Manlio sin descubrir el rostro. Solo se le veían unos bellos ojos oscuros, que movía lentamente de forma seductora. Se hizo el silencio en el bullicio de la sala.

—¿Qué quieres, señora? ¿Te puedo ayudar?

—Vengo a inscribirme en las lides en honor a Venus. Soy muy devota de la diosa —dijo con voz dulce.

—Bien, son quinientos denarios —contestó Manlio. La dama hizo un gesto a un criado, que puso una bolsa en la mesa.

—Dime cómo te llamas y cómo se llama la esclava, para inscribirte.

—Yo misma participaré.

—¿Tu nombre entonces? —inquirió Manlio.

—Me conoces bien —respondió colérica, y se quitó el velo. Apareció un bello rostro, con unos labios jugosos y el cabello oscuro recogido con una diadema de plata. Los ojos negros ahora ardían con furia.

—¡Lavinia! ¡Por Júpiter! ¿Qué haces aquí?

—Ya te lo he dicho, me he enterado de que se celebran aquí unas ceremonias en honor a Venus. Aunque visto lo que cobras, esto parece ser uno de tus viles negocios.

—No puedes participar. Toma tu dinero y vete —exclamó Manlio, empujando la bolsa con las monedas hacia ella.

—Soy una mujer libre como sabes, y mi dinero es tan bueno como el de cualquiera. Y que juzguen los presentes si puedo participar.

La sirvienta más cercana la ayudó a despojarse de la túnica. Quedó desnuda, solo con las sandalias, y los presentes pudieron apreciar su cuerpo, de piel suave y trigueña, con proporciones tan perfectas como las de la estatua de Venus. Un murmullo de admiración se apoderó de la sala. En su espalda se apreciaban unas cicatrices.

—No puedes participar, lo siento.

—Dime por qué, estoy en mi derecho —replicó ella, taladrándolo con unos ojos que echaban fuego.

Manlio, nervioso, se puso a cuchichear con Tirias.

—Pues porque no puedes, esto es propiedad privada y admito a quién quiero. ¡Guardias, echadla!

El criado principal de Lavinia, Lucio, se puso delante de su ama y sacó su espada. Ella, aún desnuda, habló a los asistentes.

—Romanos, habéis oído como yo que esto es una celebración en honor a Venus. Cualquier ciudadano puede participar. No toleraré que se pisotee mi derecho —y dirigiéndose ahora a Manlio—: estoy dispuesta a llegar al mismo emperador si es necesario, y contarle las bacanales y las orgías que organizas disfrazadas de culto a los dioses, sin pagar impuestos. Tú, que ahora te juntas con los que predican la moral en el senado, eres, aparte de defraudador, hipócrita.

Mientras hablaba, caminaba y acompañaba su discurso con gestos de sus manos, de dedos finos y delicados, con tal elocuencia y naturalidad como si estuviera vestida. Los presentes la miraban embelesados.

—¡Déjala participar, Manlio, está en su derecho! —dijeron varias voces.

Lavinia era una de las meretrices más famosas de Roma, y estaba bien conectada con senadores, tribunos y con el mismo Tito, del que había sido amante y se rumoreaba que aún lo veía a veces. Manlio sabía que estaba dispuesta a cumplir su palabra, así que a su pesar no tuvo más remedio que inscribirla.

—Como quieras. Ruego a Venus que te elimine en la primera ronda, Lavinia, reina de las putas.

—Ya veremos, Apio Manlio Escauro, conocido proxeneta. Tú me hiciste lo que soy, pues me enseñaste el oficio y me convertiste en la peor de las rameras, y siendo la peor, en estos menesteres sabes que soy la mejor —dijo sonriendo.

Lavinia hizo un gesto a su criada, Marcia, que la vistió con la túnica.

—Y como pienso disfrutar de las lides y no perder el tiempo yendo y viniendo a mi villa, me alojaré aquí en la tuya, querido Manlio —añadió con desprecio, arrojando una bolsa con monedas a la mesa—. Y para que no me acomodes en una letrina, toma, hay una buena suma, quiero unas buenas habitaciones.

*

Al día siguiente comenzó el concurso. Lavinia, vestida con un elegante quitón blanco bordado de oro, departía con patricios y matronas, repartiendo sonrisas. Lucio la seguía con discreción.

Manlio estaba inquieto. Había dedicado mucho tiempo a organizar las lides, tentando a nobles viciosos con el reclamo de las orgías para de paso obtener contactos políticos, y ahora aparecía esta mujer dispuesta a estropearlo todo. La temía, e intuía que iba a ocasionarle alguna catástrofe. Lavinia lo trataba con desprecio, mientras que a los demás asistentes, a los criados y hasta a los esclavos les hablaba con encanto y cortesía. Y no perdía ocasión de criticar cualquier aspecto de la villa, la comida o las termas, delante de él o a sus espaldas, para ridiculizarlo. La red de contactos tan delicadamente tejida se le estaba viniendo abajo, pues algunos de los asistentes ya le seguían el juego a Lavinia, burlándose de él como si fuera un lacayo, burlas que despertaban la risa cantarina de ella.

Tras el sorteo, Tirias llamó a los primeros participantes, una esclava de grandes senos y un soldado flaco, que se quitaron las ropas y entraron al lecho sin muchas dilaciones. Sonó la campana y comenzó la primera lid. Tras varias penetraciones, la mujer no tuvo mucha dificultad en hacer terminar al soldado entre sus pechos. La clepsidra había cambiado tres veces. Tirias se acercó.

—Julia ganadora, Apio eliminado.

Las primeras lides se dieron con rapidez. Manlio contemplaba inquieto las escenas desde su silla *cathedra*. No podía disfrutar a gusto lo que había imaginado durante tanto tiempo. El negocio iba bien, las apuestas se cruzaban con rapidez, todo estaba funcionando sin problemas, los asistentes estaban contentos, pero no estaba tranquilo. «Algo trama la maldita ramera», pensaba.

Ya era media tarde cuando le tocó el turno a Lavinia. Su amante, Cneo, era un antiguo legionario que servía a un aristócrata de Nápoles. El árbitro lanzó la moneda y comenzó ella como activa. Se arrodilló, acarició el miembro del hombre y se lo metió en la boca. Después se puso en pie, de espaldas, y frotó sus nalgas contra él. Este se puso a bufar. Lavinia lo llevó hasta el lecho, se tumbó boca abajo sobre las rodillas y le pidió que la penetrara.

—¡Así, dame más fuerte! —gritaba ella. El hombre apretaba con fuerza y resoplaba. Lavinia notó que el pene de él comenzaba a dar espasmos. «No durará mucho», pensó. El reloj de agua terminó y el árbitro dio las dos palmadas. El hombre estaba a punto de eyacular. Ella lo miraba, pasándose la lengua por los labios. Él, muy excitado, desviaba la mirada. La tumbó sobre la cama y le comenzó a acariciar la vulva. Era tosco con las manos y Lavinia le sonreía con cierta superioridad. Cambió el turno. Ella tomó al hombre, lo hizo recostarse en el lecho y se sentó a horcajadas sobre él.

—Una verga deliciosa— dijo. Comenzó a mover las caderas, sinuosa, puso las manos de él en sus pechos y aumentó el ritmo de sus movimientos.

El hombre intentaba aguantar y desviar la mirada de ella hasta que no pudo más y explotó entre gemidos. Lavinia aflojó el ritmo.

—Tranquilo, soldado. Buen chico —y mientras lo desmontaba le dio unas palmadas en el costado, como si se las diera a uno de sus caballos. Él se puso a llorar.

—Mi amo me va a azotar. Ha apostado que pasaba a la siguiente ronda.

—Así es la vida —replicó ella, con una sonrisa un tanto cínica. Tirias dictaminó:

—Lavinia ganadora, Cneo eliminado.

Marcia se acercó con la túnica y vistió a su señora. El soldado se fue, desnudo, cabizbajo y lloroso.

Ya cantaban los grillos en la noche de verano cuando terminaron las competiciones de la primera jornada. Lavinia, que se había ido a bañar, regresó, vestida con una estola blanca y tocada con joyas, derrochando encanto con los nobles. Comenzó el banquete vespertino. Los asistentes se reclinaron en los lechos y comenzaron a comer. Marcia y otra de sus criadas servían a su señora vino con agua, manjares y frutas que habían traído ellas mismas de sus habitaciones, pues decía a sus vecinos de lecho que era delicada de estómago. Lucio y alguno de sus hombres merodeaban discretos y atentos a distancia de su señora. Bajo las túnicas llevaban dagas cortas.

De repente desde el atrio entraron a la sala unos músicos tocando flautas, panderos, címbalos y otros instrumentos, seguidos por danzantes de ambos sexos, con diademas de flores en la cabeza. Hicieron un corro y danzaron en círculo. Dos bailarinas solistas se acercaron a la estatua de Venus y depositaron un ramo de flores en el pedestal. Una era muy joven, rubia con los ojos claros, no muy alta, y la otra era de piel oscura y pelo negro rizado. Comenzaron a cimbrear las caderas, acompañándose con movimientos de brazos y giros. Los músicos aumentaron el ritmo, y las dos bailarinas se movían con frenesí, mientras los demás danzantes giraban en círculo alrededor de ellas. Algunos de los presentes se unieron en tropel, y los bailes continuaron de forma desorganizada. Un hombre joven con una cicatriz en la cara se acercó a la bailarina rubia, discretamente la apartó y abandonaron la sala. Lavinia comenzó a bostezar, se despidió de sus vecinos de lecho, y seguida por los suyos también se retiró.

Los músicos siguieron tocando. Manlio aleccionaba a los esclavos para que sirvieran vino abundante a todos. Los bailarines se acercaban a los comensales y los sacaban a danzar. El baile se convirtió en orgía. Muchos de los patricios yacían en los lechos con prostitutas y danzantes, y respetables matronas que se decían modelos de virtud en Roma fornicaban con los participantes

19

eliminados, que se consolaban con las monedas obtenidas a cambio.

El siguiente día, en el sorteo de la segunda ronda a Lavinia le tocó uno de los primeros encuentros. Su amante era un galo enorme llamado Briccio, ya maduro, calvo y velludo, criado de un mercader de vinos. Sortearon e inició el lance Lavinia. El hombre tenía un falo de considerable tamaño. Lavinia lo comenzó a acariciar y a lamer. Mientras, él le manoseaba la cabeza de forma ruda.

—Tienes un buen arma, no desmereces al Príapo de la estatua.

—Cállate y sigue chupando, perra —replicó él. Ella sonrió y siguió. «Vaya modales de animal. A este le gusta hacer daño, veamos», pensó. Lavinia lo llevó al lecho y le ofreció las nalgas. El hombre la penetró por la vagina de forma brusca y ella dio un grito. Él bufó de satisfacción. Le azotó las nalgas mientras se movía con una fuerza salvaje. Ella siguió gritando, algo exagerada, pues en trances mucho peores se había visto, pero esto le confirmó los gustos de su amante ocasional: gozaba haciendo sufrir. Tirias apercibió a Briccio para que no la golpeara tan fuerte. Llegó el cambio. El galo tomó a Lavinia, la tumbó en la cama y la montó de la forma más fuerte que pudo. Ella aguantó el embate y sonrió al hombre.

—Fóllame más fuerte —dijo. El hombre subió las piernas de la mujer a sus hombros y redobló las embestidas.

—Más fuerte —volvió a decir ella.

—Cállate, zorra —contestó él.

Él la agarró del cuello, y con la otra mano le estrujó un pecho. A ella le dolió pero no dejó de sonreír. Ambos comenzaron a sudar con el traqueteo. El público se acercó a la zona de Venus a ver el espectáculo: Lavinia gemía para excitarlo, la cama estaba empapada del sudor de los dos cuerpos y, tras varios lances y posturas, él le puso un dedo en el clítoris y lo comenzó a acariciar con fuerza. Lavinia comenzó a sentir un placer intenso. «Cuidado, no he llegado aquí para que esta bestia me elimine», pensó. Se centró e intentó apartar el gusto que se le andaba arremolinando entre las piernas. Cambió el lance, ella se tumbó boca abajo, subió las nalgas y las ofreció al hombre. Llevó una de las manos de él a su ano.

—Méteme la verga por el culo, vamos —ordenó ella. El galo babeó excitado, y la saliva cayó sobre la espalda de la mujer. La penetró de un empellón. Lavinia dio un grito de dolor, y Tirias advirtió de nuevo al galo.

—¡Así, dame fuerte! —chillaba ella. Él agarró el cabello de Lavinia y tiró hacia atrás con fuerza. Ella se aguantó el dolor, siguió gritando y él estaba cada vez más encendido. Acabó el lance, sonaron las palmadas pero el galo siguió en la misma postura. Ahora Lavinia comenzó a mover las caderas, ondulándose. El galo comenzó a resoplar. «Ya lo tengo», pensó ella, redobló el ritmo y siguió hasta que él no pudo más y se descargó entre bufidos. Lavinia sintió aflojarse la presión en su orificio trasero, respiró profundamente y el dolor fue apaciguándose. El galo seguía bufando, cada vez más despacio.

—Lavinia ganadora, Briccio eliminado.

El galo la miró torvamente.

—Mala puta, tienes las entrañas de hierro —le espetó.

Ella le sonrió.

Las lides avanzaban según lo previsto. Iban quedando los amantes más expertos, fuertes y sutiles, y las apuestas subían. En cabeza iban Lavinia, un gladiador libio llamado Vereo, muy presumido y galanteador, y una prostituta hispana llamada Honoria. Manlio andaba de un humor de perros, pues Lavinia seguía quejándose de sus habitaciones delante de todos y burlándose de la poca clase de la villa, no adecuada según ella para estos eventos. Manlio se acercó, la tomó del brazo con suavidad y se la llevó aparte. Ella hizo un gesto a Lucio para que no interviniera.

—Suéltame, ¿quién te crees que eres?

—¿Qué pretendes, Lavinia? No paras de ridiculizarme delante de mis invitados. El pasado ya quedó atrás, ¿qué quieres?

—Por el momento, las habitaciones que me has dado no están acordes con lo que te pago. Están lejos de las termas, que por cierto dejan mucho que desear. Quiero unas mejores.

—¡Pero si las tuyas son de las buenas!

—No me sirven.

Manlio se quedó pensando y dijo:

—Tú ganas. Te voy a dar mis habitaciones, las mejores de la quinta. Ahora no te podrás quejar.

—Me parece bien, querido Manlio. Y si no tienen bañera, lo cual no es extraño dado que eres un cerdo en forma humana, ponme una, que necesito tomar mis baños y mis hierbas, no me vaya a quedar preñada de alguno de estos mastuerzos. Y además así tendré conocida la casa cuando te eche de ella como a un perro —le contestó mirándolo con dureza.

Manlio bajó la mirada y se fue bufando. El tablero requería su atención, pues iban a sortear las parejas de la tercera ronda. Lavinia también se acercó y se sentó en el escaño de Manlio, que no se atrevió a pedirle que se quitara y se quedó de pie al lado de Tirias, disimulando la humillación. Ella saludaba con sonrisas a todos los romanos que tenía al lado, dejando claro su poder. Los ayudantes iban sacando las bolas con los nombres de los contendientes. A Lavinia le tocó con Honoria al final de la tarde.

Comenzaron las lides del día dos hombres: Cayo, un joven esclavo de un senador, y un dacio que acudió con la que parecía su criada, la danzante rubia de ojos claros, que portaba una jarrita con ungüentos. Los dos hombres se desnudaron, y el dacio comenzó el turno embadurnando con calma el cuerpo de su amante y el suyo con aceite oloroso. Después se arrodilló y comenzó a hacer una felación al otro hombre.

—¿Quién es? —preguntó Lavinia a una romana mayor que tenía al lado.

—El que está de pie es un esclavo del senador Craso.

—No, el otro.

—Ah, el dacio, perdona querida. Se llama Luciano, es comediante y también prostituto, y se ofrece tanto a hombres como a mujeres. ¡Lo tienes que probar! Es una maravilla, dulce y fuerte a la vez, tiene unas manos suaves y sabe usar la lengua. ¡Te volverás loca! Y tiene una voz varonil que te toca como una caricia.

Los dos amantes estaban ahora en el lecho. Luciano estaba boca abajo y el otro lo penetraba. Los cuerpos de los dos jóvenes, brillantes por el aceite aromático, se ondulaban acoplados. Luciano era delgado y fibroso, con pecho amplio. Tenía una bella mirada, y una cicatriz que le cruzaba la mejilla y le llegaba al labio. Aún con esa marca su rostro era armonioso. Tuvieron varios lances, hasta que en uno de ellos Luciano, que ahora penetraba, acarició el miembro del otro que terminó eyaculando.

—Luciano ganador, Cayo eliminado— proclamó Tirias.

La danzante rubia cubrió a Luciano con una humilde túnica, y los dos se marcharon discretamente.

Lavinia se estaba aburriendo. Volvió la vista atrás, y vio al dacio junto a su inseparable compañera. Se levantó y fue hacia ellos. Luciano y Lavinia eran de la misma estatura, la joven rubia era algo más baja.

—Enhorabuena —dijo ignorando a la muchacha y colocándose frente al hombre.

—Gracias, señora.

—Me han dicho que te llamas Luciano, y que eres actor.

—Cierto es.

—¿Y a quién representas en las justas? —inquirió. La muchacha, incómoda, susurró algo al oído de Luciano. Este hizo un gesto de asentimiento, y ella se alejó con rostro serio. Él la contempló un instante y luego se volvió hacia Lavinia.

—A mí mismo. Soy liberto, y quiero ganar el premio.

Ella soltó una carcajada, que hizo ondular su cabello oscuro.

—Pues he de decirte que ganaré yo. Muchas ofrendas he hecho a Venus.

Los dos jóvenes conversaban entre sonrisas. La vieja Lenia los observaba desde la distancia. Se acercó a Manlio y le susurró algo al oído. Este se levantó de su silla, que había recuperado tras la marcha de Lavinia, y los dos viejos se fueron atrás cuchicheando.

—No les quites ojo —ordenó Manlio.

Lavinia seguía conversando con Luciano.

—Y dime, ¿qué obras representas?

—Las que gustes. También declamo y escribo por encargo para bodas, funerales, y para los que quieren enamorar a sus amantes con palabras.

—¡Ah, un poeta! He leído algunos libros de poesías. A ver, recítame algunos versos, quiero saber si eres bueno.

Luciano se aclaró la voz, y comenzó a declamar con una voz suave y viril:

¡Ojalá me toque en suerte vivir contigo
Todos los años que me concedan los hilos de las hermanas,
Y morir a tu lado, mientras sufres por mí (1)

—Hum, no está mal, escribes bien.

—No son míos, estos versos son de Ovidio —dijo Luciano soltando una carcajada. Lavinia quedó perpleja un instante, y sus ojos pasaron de la dulzura a la furia.

(1) Ovidio, Amores 3-15.

—¡Maldito, si te vuelves a burlar de mí te mandaré azotar! Ahora quiero unos tuyos. Ya.

Luciano improvisó:

Brillas Lavinia como Venus, lucero en el cielo
Cual la más bella rosa nacida en el barro cruel
Tras la furia de tus ojos, sé que vive en tu seno
Amor dulce encarnado en dulce cuerpo de mujer

Ella sonrió, halagada.

—Escríbemelos en un papiro, te los pagaré. ¿Cuánto cuestan, un sestercio, dos?

—Te los regalo.

—Me han dicho que ese Ovidio ha escrito sobre el amor. Dime, ¿qué puedo leer de él?

—Para tu oficio, del sulmonense te recomiendo el libro tercero de *El arte de amar*, y también *La cosmética del rostro femenino*.

—¡Ah, esos me interesan! Los buscaré en mi biblioteca, si no, dime donde los puedo encontrar.

—Yo los tengo y te los puedo copiar. Te costarán cincuenta sestercios.

Unos patricios llegaron a hablar con Lavinia y se fue con ellos, prodigando encanto. Luciano llegó a la tienda de campaña donde se alojaba con la muchacha rubia, fuera de la casa principal, al lado de los graneros.

—¿Qué quería esa mujer? —preguntó ella, molesta.

—No te preocupes, Valeria. Hay que estar a buenas con los ricos.

Al final de la tarde le tocó el turno a Lavinia. Su contrincante, Honoria, era una meretriz muy famosa, protegida de un amigo de Manlio. Este le había prometido quinientos denarios si derrotaba a Lavinia. Tenía unos veinte años y un cuerpo exuberante. Las dos mujeres se encontraron bajo la estatua de Venus y se desnudaron, opacando a la diosa con sus formas. Honoria miró a su oponente con descaro.

—Voy a acabar contigo, etrusca. Ya estás vieja, dicen que tienes veinticinco años —le dijo con desprecio.

—Eso ya lo veremos —y la agarró por la nuca y con fuerza le dio un beso en la boca.

La lid generó expectación, pues contendían dos bellas mujeres y eran favoritas ambas. Las apuestas subieron de monto.

Comenzó el lance Honoria. Sentó a Lavinia en el lecho, le abrió los muslos, se arrodilló y comenzó a lamerle el sexo.

—Honoria, es verdad lo que había oído, tu lengua es tan áspera como un guijarro.

—Ya verás, maldita.

Cambiaron el turno. Lavinia comenzó a acariciar la vagina de Honoria con sus dedos. Al cambiar otra vez, Honoria penetró a su rival con un falo de madera pulida.

—¿Esto es todo lo que sabes hacer, hispana? —dijo, sonriendo con desdén.

La otra seguía moviendo el objeto con ansia. Cambiaron. Ahora Lavinia colocó los muslos de Honoria entre los suyos a la manera de las tríbades y comenzó a mover las caderas. La hispana comenzó a cerrar los ojos y abrir la boca, como si le faltara el aire.

—Detente, maldita —suspiraba Honoria. «Ya es mía», pensó Lavinia. Rápidamente se dio la vuelta y aplicó la lengua sobre el clítoris de su oponente, mientras además la penetraba con un dedo. Honoria comenzó a convulsionarse.

—No, no —gemía Honoria. Se intentaba tapar la boca con la mano, pero el orgasmo la arrolló y comenzó a mover los muslos de forma descontrolada, y acabó entre gemidos roncos.

—Esta mujer está servida —exclamó Lavinia—. Y por si quedan dudas, que el árbitro mire como quedó empapado su sexo y el lecho con sus jugos.

Tirias miró a Manlio, dudando.

—¡La hispana ha perdido —gritó uno de los asistentes —, no toleraré trampas!

Manlio proclamó él mismo el resultado:

—Lavinia ganadora, Honoria eliminada.

La perdedora recogió sus ropas y el falo de madera, y le espetó a su rival, furiosa:

—Hija de una serpiente, no tienes alma.

Tras las lides de la tarde, los invitados se bañaron en las termas, y después comenzó el banquete vespertino. El vino y la comida corrían abundantes. Lavinia, tras asearse en sus habitaciones, se las arregló para encontrarse con Luciano, que andaba con Valeria, e ignorando a esta le pidió que la acompañara al banquete. Él tranquilizó a su compañera, y se fue con Lavinia.

Una vez que se acomodaron en un lecho, ella tomó una uva de las que le servían sus criadas y se la ofreció a Luciano, sonriendo.

—¿Por qué bebes tu propio vino y comes tus propios manjares? —preguntó él.

—Tengo el estómago delicado —contestó eludiendo el tema—. Pero háblame de ti, ¿de dónde eres?

—Dicen que nací en la Dacia, pero no lo recuerdo. De muy niño fui vendido como esclavo. Tras varios amos, fui a parar a las manos del dueño de un lupanar, que me prostituyó. Esta cicatriz que ves en mi cara me la hizo un cliente, que disfrutaba pegando a los muchachos. Ya adolescente, un romano rico que era poeta se encaprichó conmigo y me compró. Me hacía que lo tomara haciendo él de hembra, bien es verdad que pocas veces, pues lo que más le gustaba era representar obras de teatro disfrazado de mujer. Me trataba bien y me enseñó a leer y el oficio de actor, me tomó cariño y al final me manumitió. Con él aprendí todo lo que sé de versos y teatro. Se llama Marco y vive en la campiña, cerca de Nápoles, y de vez en cuando vengo a verlo y hablamos de libros. En la última visita me habló de estas lides, y aquí estoy.

—Así que tú también te cruzaste con otro puerco como Manlio. Yo he jurado por Júpiter acabar con él —su expresión cambió a furibunda.

—La ira no sienta bien a una mujer tan bella. Pareces la encarnación de Medusa.

—No descansaré hasta que no acabe con esa escoria. La venganza se come fría.

—Quizá tú te la puedas permitir. Nosotros los pobres nos tenemos que conformar con sobrevivir. Yo prefiero olvidar lo malo y quedarme con lo bueno. Marco me trató bien y me liberó. De mi antiguo dueño no quiero ni acordarme.

—Hablemos de otras cosas, de tu esclava, ese lindo capullo de rosa blanco, ¿es tu amante? Es celosa y además me mira mal, deberías azotarla, no voy a tolerar que me haga desplantes una vil sierva.

—No es mi esclava, también es liberta, se llama Valeria. Se la compré a mi patrón y la manumití. Es bailarina, y está contratada por Manlio para las danzas vespertinas.

—Y es tu amante, ya lo sabía yo. No te conviene, puedes aspirar a mejores cosas que una liberta piojosa —y Lavinia pasó un dedo por el pecho de Luciano.

—Valeria y yo hemos pasado muchas penas juntos. Hemos bajado a la laguna Estigia y hemos vuelto de allí los dos. Regresamos de entre los muertos, nuestro lazo es más fuerte que el amor, más que las cadenas de hierro.

—Qué bonito. No hay amor que aguante cien denarios.

—Señora, a tu belleza no le conviene ni la venganza, ni el cinismo —dijo él, con rostro serio—. Sé que nosotros no valemos nada para la gente rica como tú, por eso nos amamos mientras nuestras vidas de pobres duren. Y Valeria es sabia a pesar de su juventud, me enseñó a olvidar la ira y el vino y me hizo un hombre nuevo. Veo que no has conocido nunca el amor dulce y desinteresado, y eso me hace sentir pena por ti.

—No me hables del amor, lo conozco bien. Lo he soltado como ponzoña en los oídos de amantes que pagaban por mi carne como si fuera una de sus yeguas.

Ella se quedó pensativa. En ese momento entraron los músicos y los danzantes. Lavinia se levantó y se unió a ellos. Desplazó a la solista morena, tomó a Valeria de las manos y bailó con ella la danza de los crótalos. Las dos mujeres se miraban con dureza mientras se movían. Luciano al quedarse solo se levantó y se fue a la parte posterior, y mientras observaba a las dos danzando, se sintió inquieto al ver a Lavinia cerca de Valeria. «Esta mujer no se detendrá ante nada», pensó.

Luego los danzantes comenzaron la danza del himeneo, y los comensales se unieron al baile lascivo. Lavinia se retiró, Luciano buscó a Valeria y también se marcharon. Al final de la velada, como era habitual, los asistentes, los músicos y los danzantes acabaron en una tremenda orgía regada con vino.

*

Luciano y Valeria ya dormían cuando alguien abrió su tienda. Era Lucio.

—Dacio, mi señora quiere hablarte.

Luciano se levantó y Valeria se incorporó también, intranquila. Lavinia esperaba fuera, acompañada por otro criado y Marcia.

—Tengo que contarte algo. A ti solo —dijo Lavinia.

—Ella es inocente. No le hagas nada —contestó él, poniéndose delante de Valeria.

—Descuida, no le pasará nada a tu blanca pajarita. Marcia y Aulo guardarán la tienda.

Luciano dio un beso en la frente a Valeria.

—Espérame.

Lavinia se dirigió hacia las termas con paso firme, seguida por Luciano, y más atrás, por Lucio. Unas antorchas iluminaban la zona. Ella se paseó por el borde de la piscina, de repente se sentó y metió los pies en el agua cálida. Luciano hizo lo mismo.

—Solo necesito que me escuches, te voy a contar lo que he vivido —suspiró.

»Manlio es un romano de buena familia, un crápula que en su juventud se aficionó a todos los vicios y que al que sus parientes no pueden ni ver. Después de di-lapidar todo el dinero que cayó en sus manos, al morir su padre como único bien le heredó esta villa. Le da buenos réditos, pues se cultivan olivos, viñedos y cereales; y se crían ovejas y cerdos. Manlio en su ju-ventud no pisaba por aquí, aunque gastaba alegremente las rentas que le generaba la finca. En Roma Manlio conoció a una alcahueta ya vieja llamada Lenia, mal encarada, hipócrita y malvada, que le proporcionaba mujeres, la mayoría jóvenes y pobres, y con la que acabó estable-ciendo un prostíbulo.

»En una ocasión compró una esclava originaria de Tarquinia de gran belleza, de nombre Camila, a la que prostituyó. Era mi madre. Manlio y Lenia decían que las etruscas eran las mujeres más ardientes y lascivas, y que Camila era la mejor loba de su lupanar, así que la tuvieron atendiendo clientes día y noche. Yo nací en el burdel, hija de quién sabe, hija de la esclavitud. Casi no recuerdo a mi madre, pues murió pronto, del cansancio y de las infecciones. A mí me pusieron a trabajar desde muy niña, limpiando las habitaciones, acarreando agua y leña, cocinando. Con apenas nueve años Manlio me desvirgó. Estuve sangrando varios días y casi me muero, así que recapacitó y esperó para prostituirme, por vil cálculo monetario. Me tuvieron sirviendo de criada hasta que menstrué, entonces Manlio pensó que ya había llegado mi hora y comencé de puta. Yo heredé de mi madre su belleza, aprendo rápido y soy ingeniosa conversando, por lo que varios clientes nobles me solicitaron en sus casas. Manlio se dio cuenta de que sacaba más dinero paseándome por los lechos de los ricos que alquilándome a los pobres por unas monedas, así que me vistió con buenas ropas y compró un esclavo como preceptor para que me educara.

»Este era Tirias, un griego al que su anterior amo tenía mucha confianza. Un día lo sorprendió en la cama con su mujer, ciego de ira el amo lo apaleó hasta casi matarlo, lo mandó castrar y lo vendió, y así fue a parar a manos de Manlio. Así que yo, apenas una niña, era paseada por Roma por Tirias y vigilada por Lenia y alguno de los matones del burdel. Lenia apuntaba mis días de sangrado en una tablilla y también se ocupaba de que no me quedara encinta a base de hierbas y baños, y las veces que no lo lograba, me hacía abortar. Cuando íbamos a casa de algún rico, Lenia cobraba mi tarifa y se quedaba fuera, pues no la querían en sus casas por fea y mal encarada, Tirias entraba conmigo y si el cliente era culto le hablaba de Platón o del Estagirita mientras yo me acercaba para que me manoseara o me hiciera lo que se le antojara. Me han hecho de todo por todas partes, me han metido en orgías, me han pegado de mil formas, me han atado, así que ya no me asusto ni de nada ni de nadie.

»Algunos clientes tenían vicios graciosos. Uno muy rico hacía que Tirias leyera la escena de *La Odisea* en la que Circe transforma a los marineros de Ulises en cerdos, y mientras fornicábamos me decía «Circe, ¿quién soy?», y yo le tenía que contestar: «Eres un vil cerdo», mientras me aguantaba las carcajadas como podía.

»Otro no quería que lo tocara, pues decía que era impura. Al llegar me hacía bañarme y a Tirias lo hacía vestirse de sacerdote egipcio. Luego me ordenaba que subiera a un pedestal y que le enseñara mi sexo agachándome o poniéndome en cuclillas. Él se arrodillaba y se masturbaba diciendo «Oh, mi diosa Hathor». Cuando terminaba se volvía muy desconsiderado y violento, ordenaba que nos azotaran y nos echaran a la calle. Tirias y yo dejábamos antes nuestras ropas preparadas en el vestíbulo y nos las poníamos al vuelo mientras salíamos corriendo muertos de risa.

»Había otro que nos hacía meternos al lecho a Tirias y a mí, desnudos, y entonces él llegaba y nos sorprendía gritando: «¡Mal amigo, traidor!», y golpeaba al pobre Tirias. Cuando se cansaba de pegarle volvía conmigo, y yo tenía que suplicarle perdón mientras me llamaba adúltera, puta y todo lo que se le ocurría mientras me follaba. Después supe que su esposa lo había engañado con su hermano, y por no arruinar a la familia no los denunció.

»También había patricios más o menos normales. Había uno que nos trataba bien, fornicaba conmigo de forma natural y luego nos enviaba a la cocina a comer. Él se iba a sus negocios, y nos dejaba estar en su casa hasta que quisiéramos, y nosotros nos quedábamos leyendo, o durmiendo, mientras a la vieja Lenia se le arrugaba el hocico porque dejaba de ganar con el siguiente cliente.

»Otras veces las que me llamaban eran las esposas, algunas matronas muy respetables, que yacían conmigo y me enseñaron el amor de las tríbades.

»En cuanto a Tirias, en el fondo no es malo, algunas veces he pensado comprarlo y tenerlo conmigo, pero está encadenado a esas hienas y hace lo que le dicen, así que no le tengo compasión.

»El negocio, basado en mí y algunas otras esclavas refinadas que trajeron de Grecia y Oriente, iba viento en popa para los dos socios. A veces Manlio me tomaba para sí. Era el único con el que sentía asco. Los demás clientes eran extraños a mí, con algunos me reía, con algunos disfrutaba, con algunos sufría, pero no me tocaban por dentro. Con Manlio no. No lo soportaba encima de mí. Recordaba a mi pobre madre y mi desfloración y acababa vomitando. El muy puerco se enfadaba y me pegaba, y encima yo tenía que limpiar mi suciedad. El paso del tiempo, los excesos y la edad le fueron aflojando las pasiones y además su miembro se curvó, con lo que le era imposible penetrarme, así que al final dejó de molestarme. La impotencia lo volvió mirón con las mujeres, a las que espiaba mientras fornicaban por agujeros que había mandado hacer en los cuartos del prostíbulo, pues la lujuria y el derroche de antaño se trocaron en avaricia y tacañería en la vejez. Así fue amasando una fortuna, y con los contactos que hizo conmigo y las otras prostitutas caras, volvió a codearse con algunos senadores y nobles romanos.

»Entonces conocí a Cayo Emilio Galba, un antiguo militar que había sido tribuno y legado de una legión en las Galias. Cayo Emilio tenía una villa en Pompeya y pasaba aquí la mayor parte del tiempo. Una de las veces en que fue a Roma me conoció y le gusté. Era viudo, y tuvo solo una hija que murió en el parto de su primer nieto, que también murió. Cuando nos veíamos, copulaba conmigo y se quedaba a mi lado, acariciándome el cabello o los senos. Le gustaba dormirse abrazándome, y algunas veces me pedía que pasara la noche con él, con el inseparable Tirias durmiendo en su casa también, por supuesto. Cayo era un hombre muy culto y tenía una gran biblioteca, también admiraba a Séneca y tenía muchos libros de los estoicos griegos, decía que lo ayudaban a soportar los dolores de la vida.

»Cayo era un amante tranquilo y atento que me enseñó muchas cosas de mi propio cuerpo, siempre procuraba que yo llegara al orgasmo antes que él, y del suyo a veces ni se preocupaba. Poco a poco fue perdiendo la fuerza viril, al principio yo me ofrecía a hacerle la felación, pero acabó diciéndome que no le diera tanta importancia, que lo que le gustaba era abrazarme. Creo que comprarme para fornicar era una excusa para tenerme cerca, me tomó como su Galatea y él ejerció de Pigmalión en su vejez. Me hablaba de que le gustaría pasar conmigo el tiempo que le quedaba en su quinta pompeyana, leyendo y paseando a caballo por la campiña, lejos del bullicio de Roma.

»Oyendo sus palabras, comencé a tocar la libertad. Cayo pagaba buenas sumas por mí, yo lo sabía y me volví altanera con Manlio y Lenia. Ese fue mi error. También es posible que Tirias oyera algo y les fuera con la historia, pues es un cobarde. El caso es que Cayo pidió a Manlio comprarme y el maldito, preso de la avaricia, viendo que se le iba una de sus gallinas de los huevos de oro, pidió tal cantidad a Cayo que este lo insultó. Manlio se ofendió y le dijo que nunca más me volvería a ver, que prefería prostituirme en la guarnición más remota del imperio antes que venderme. Cayo Emilio, habitualmente estoico, esta vez se enfureció, abofeteó a Manlio y le contestó que sería suya aunque tuviera que secuestrarme.

»Manlio volvió al prostíbulo, le contó la historia a Lenia y vinieron hacia mí, seguidos por dos de sus esclavos. Yo, que me había vuelto soberbia, los miré con desprecio. El primer golpe lo descargó Manlio. Después me pegaron hasta que se cansaron, me insultaron a mí y a mi madre muerta, y cuando ya no pude sostenerme en pie me ataron a una viga y me azotaron hasta que me desmayé, por eso tengo las cicatrices que has visto en mi espalda. Cuando recuperé el sentido, estaba encadenada a un lecho y Marcia, una niña esclava que traía agua y nos atendía a las mujeres, estaba lavándome las heridas. Manlio y Lenia ya hacían sus planes conmigo delante. Sabiendo que Cayo no renunciaría a mí, tramaron traerme a la villa de Manlio, esta misma en la que estamos, para negociar con Cayo y sacarle todo lo posible, hablaban de miles de áureos, una auténtica barbaridad de dinero. «Recuperar la inversión», lo llamaban los infames. Como temían que Cayo Emilio me buscara, planearon sacarme de Roma escondida en un carromato la noche siguiente.

»Por suerte me acordé que cerca de la fuente donde íbamos por agua vivía Quinto, un antiguo cliente de los tiempos en que atendía a legionarios y al que saludaba y hablaba con él cuando venía al prostíbulo buscando otras mujeres, pues ya no se no podía permitir mis servicios. Recordaba que había servido de centurión con Cayo Emilio y que le hacía trabajos esporádicos cuando Cayo estaba en Roma, así que con grandes esfuerzos escribí una nota en una tablilla y le encargué a Marcia que fuera a la fuente, que preguntara por Quinto y se la diera. Me quedé rogando a Venus que la niña acertara, era mi única oportunidad de salir viva de las garras de estas hienas, porque me habían dicho que si Cayo no pagaba lo que pedían, me prostituirían día y noche hasta que me muriera, como hicieron con mi madre, pues tan avaros eran que no les bastaba con matarme, querían sacar hasta el último sestercio de mi cuerpo. Marcia volvió y me contó que había encontrado a un conocido de Quinto y le dio la tablilla. Ahora mi vida estaba en manos de los dioses. Pasé el día temblando, y la pobre Marcia me daba agua y me consolaba diciéndome que Venus no me dejaría en manos de estos criminales. Al caer la noche, Manlio me comenzó a quitar las cadenas. «Ya llegó el carro», dijo, y dirigiéndose a mí: «Ramera asquerosa, te voy a tener sin comer hasta que ese viejo pague, y si tarda mucho lo único que va a encontrar de ti va a ser un manojo de huesos», y la maldita Lenia y los criados se reían. Entonces se oyó estrépito, una de las puertas de la casa saltó en pedazos y apareció Quinto con diez hombres armados con espadas cortas. Varios de ellos amenazaron a los criados, que levantaron las manos, otros dos tiraron al suelo a Manlio boca abajo. Quinto le pisó la cabeza y mientras el cobarde gritaba le dijo: «Esto de parte del legado de legión Cayo Emilio Galba», y le propinó dos patadas en el rostro. La pobre Marcia estaba tan aterrorizada como yo y se abrazó a mí. Lenia se había ido al fondo, agazapada, y uno de los hombres de Quinto le puso la espada en el cuello. Entonces Quinto sacó una bolsa y se la arrojó a Manlio: «Esto es por la mujer. Emilio me manda decirte que este dinero no es lo que vale, pues vale mucho más, sino lo que te mereces, rata». Se inclinó, puso su espada en el cuello tembloroso de Manlio y le acercó un papiro. «Firma la venta. Y si acaso se te ocurre la mala idea de ir a un tribunal a reclamar, dos de mis antiguos legionarios tienen la orden de degollarte, a ti y a la bruja esa». Quinto terminó de quitarme las cadenas, y para sacarme de allí me tuvieron que cargar entre dos hombres, tan maltrecha estaba. Entonces la pobre Marcia se agarró a mi túnica y en sus ojos llorosos vi la súplica. «Quinto, la niña se viene, yo pagaré su precio», susurré, y desde entonces Marcia está conmigo. Quinto sacó unas monedas más y las arrojó sobre Manlio. Cuando pasé a su lado le escupí con las pocas fuerzas que me quedaban: «Cerdo asqueroso, juro por Júpiter que acabaré contigo». También me dirigí a Lenia: «Bruja maldita, espero que Plutón pronto te lleve al inframundo y me libre de ti».

»Las criadas de Cayo me curaron en su casa de Roma. Cuando me recuperé lo suficiente para viajar me trajo a su quinta, que curiosamente está a dos millas de aquí, donde terminé de curar mis heridas. Hacíamos una vida tranquila, paseábamos por la campiña, montábamos a caballo, leíamos. Me enseñó muchas cosas, de los libros y la vida. Él fue perdiendo la vista y la vitalidad poco a poco y me pidió que le leyera yo, y así le recité *La Ilíada*, *La Odisea*, *La Eneida*, *Las Metamorfosis* de tu querido Ovidio, y otros muchos libros. Sabiéndose enfermo, Cayo Emilio arregló sus asuntos, me manumitió y me tomó en matrimonio. Invitó a la villa a algunos senadores y patricios para que los conociera, sabiendo que esos contactos me serían de utilidad, y convenció a Quinto para que se viniera aquí como encargado de la finca. Arregló también la compra legal de Marcia para que yo no tuviera problemas, legó algunas de sus propiedades a sus sobrinos y a mí me dejó la casa de Roma, la quinta, una buena suma de dinero y me consiguió la ciudadanía. Fue feliz en sus últimos años y murió tranquilo y sereno, como predicaban sus admirados estoicos. Ya me gustaría a mí morirme así.

»Yo me vi de repente viuda y rica. Paso temporadas aquí, o en Roma, o en Nápoles. He tomado a mi servicio personal a Lucio, el hijo de Quinto, un joven fuerte y entrenado por su padre, como mi guardaespaldas y amante ocasional, ante la inquietud del viejo soldado, que me ha suplicado llorando que no enloquezca a su hijo con mis artes. Por suerte para Quinto, el joven es de corazón frío y ya me he ocupado de quitarle cualquier idea de posesión amorosa conmigo. «Lucio, lo que aprendes conmigo te servirá cuando tomes esposa», le digo entre risas mientras fornicamos. Y él sabe cuál es su lugar.

»He seguido frecuentando a algunos de mis antiguos clientes, los más influyentes, ahora como aristócrata, y he conseguido entrar poco a poco en la alta sociedad romana. Sigo siendo famosa por mis artes amatorias, ahora por afición en vez de por necesidad, y he sido amante ocasional de Tito en dos ocasiones, aunque desde que es emperador no lo he visto. Me interesa que se propague el rumor de que lo sigo siendo, pues me da poder.

»¿Ahora entiendes por qué solo como mi propia comida? Me he metido en la boca del lobo y no quiero que me envenenen, pues nada les gustaría más a estas hienas que verme muerta ¿Y por qué estoy aquí en las lides? Por tres razones. La primera, supervivencia. Manlio está rehaciendo relaciones con los poderosos. Si gana influencia, acabará conmigo, por eso voy a acabar yo antes con él. La segunda, venganza: juré acabar con él y con Lenia y vengar a mi madre.

Luciano movió los pies en el agua. Las ondas viajaron lentamente.

—¿Y la tercera?

—Por orgullo. Soy la mejor en mi oficio, malo o bueno es el que tengo, y voy a ganar.

Lavinia se quedó pensativa.

—Y hay otra más, por pura lujuria: después de fornicar con un soldado insulso, un galo asqueroso y lamer a Honoria, espero que las lides que faltan me deparen algo más placentero —dijo sonriendo a Luciano.

—Complicada situación. Pero deberías dejar atrás la venganza, Cayo Emilio te amó, ¿lo amaste tú?

—Le tengo una gratitud inmensa por todo lo que hizo por mí, pero era un hombre viejo, no lo amé con pasión, más bien lo quise como al padre que no tuve. O quizá yo ya estaba abrasada por el odio.

—O quizá Cupido no te ha tocado y nadie te ha enseñado a amar.

—¿Y quién me va a enseñar? ¿Tú, poeta?

Los dos quedaron en silencio.

—Me siento mejor después de haberte contado todo esto. Ya es tarde, vámonos —ordenó Lavinia.

Al llegar Luciano a su tienda, Marcia y el criado Aulo se marcharon. Valeria estaba despierta. Lo miró con rabia.

—Esa mujer está consumida por la furia y la venganza. Necesita amor, quizá la podamos ayudar —dijo Luciano.

*

Llegó el penúltimo día. Ya solo quedaban cuatro contendientes. El sorteo emparejó a Lavinia con Vereo, el gladiador libio, patrocinado por un tratante de luchadores; y a Luciano con una esclava númida llamada Plancina, experta en el arte de la felación, con la que había eliminado a sus contrincantes.

Antes de la comida, comenzó la lid de Luciano y la númida. Él penetró a la mujer de todas formas posibles, sin resultados, y ella le chupó el pene en sus turnos. En uno de ellos, Plancina se colocó encima, ofreciendo su vulva a la boca de él. Luciano se dio cuenta de que ella se estremecía con sus lengüetazos. Al siguiente turno, a base de cunnilingus, Luciano la venció.

Por la tarde quedaba el plato fuerte de la jornada: Lavinia y Vereo. El libio se presentó con su vestimenta de guerrero y sus armas. Era un hombre alto y muy fuerte, de algo menos de treinta años, hermoso a pesar de estar lleno de cicatrices. Tenía la piel morena, el pelo negro ensortijado, los ojos verdes y una bella sonrisa. Se pavoneó entre aplausos, orgulloso y pagado de sí mismo. Lavinia pensó que el mejor amante de Vereo era él mismo. Los dos se acercaron a la zona de Venus y él la tomó de la mano, cortés.

—Permíteme, bella romana. Hoy te haré gozar como nunca.

—Libio, dicen que te llamas Vereo, pero creo que yerran, tu nombre verdadero debe ser Narciso.

—¿Quién es ese Narciso? No lo conozco, pero si se hace pasar por mí probará mi espada. La de acero, señora, pues la otra te la reservo a ti —y soltó una carcajada.

—Vayamos al lecho y que gane el mejor —sentenció ella.

Él se quitó sus vestimentas y quedó desnudo. Se paseó delante de la concurrencia, sonriendo y levantando los brazos, mostrando orgulloso su cuerpo y su sexo. Lavinia, mientras se desnudaba, pensó: «Vaya, es tremendo el libio, voy a tener que emplearme a fondo». Vereo miró a la mujer de arriba abajo, y su miembro se puso erecto.

—Desde luego eres la mejor hembra que ha pasado por las lides, después de que te venza he de llenarte de leche.

El sorteo salió favorable al hombre, que dijo a Lavinia, fanfarrón:

—Pruébame, cómeme la verga. Te doy ventaja.

—Como quieras —y Lavinia se empleó a fondo con el pene del libio. Cambió el turno, y ella siguió chupando. Él seguía con la misma cara de satisfacción. «Ni se inmuta este animal», pensó sorprendida. Cambió el turno.

—Ahora empieza lo bueno, pequeña —dijo él. Lavinia notó como los tremendos brazos del libio la tomaban y sin aparente esfuerzo la llevó al lecho, le abrió los muslos y la penetró lentamente. Sintió como si la atravesara un caballo y comenzó a gemir. La oscura piel de Vereo contrastaba con la trigueña de la mujer.

—Ah, bella romana, no me durarás mucho.

Ella, picada, aguantó y se tragó los gemidos, pero el placer se le estaba arremolinando en las caderas. «Cabeza fría, Lavinia», pensó. Sonaron las palmadas del cambio de lance. Lavinia se montó sobre él. Comenzó a hacer su sinuosa danza de caderas, con las manos acariciando el pecho inmenso del hombre, que no se inmutaba y seguía con su sonrisa, mirándola con superioridad.

—Qué tremenda verga tienes, es la mejor del imperio —dijo ella. Él soltó un bufido, y ella vio por donde seguir.

—Eres el mejor, Vereo. Lléname, estoy abierta para ti.

El libio se dio cuenta de que ella lo estaba excitando

con las palabras, acarició el rostro de Lavinia y le introdujo el pulgar en la boca. Ella se zafó.

—Libio, quiero tu leche.

Al siguiente lance, Vereo le dio la vuelta, la agarró de las caderas y la penetró por la vagina.

—Ah, Lavinia, qué bellas nalgas, eres la mejor hembra de Roma.

«Me está copiando la treta este salvaje, no es tan tonto», pensó ella. Él, mientras la montaba con ritmo salvaje, le puso la mano en el clítoris y lo comenzó a masajear. Ella tuvo que concentrarse para no dejarse llevar por el placer mientras aquella montaña de músculos seguía martilleando como un ariete.

—Por el culo, libio, métemela —dijo ella.

—No, señora, quién te has creído que soy. Soy un amante, no una bestia, no te voy a hacer daño.

«Vaya, en estas lides solo me faltaba por conocer al galante», pensó ella. Así fueron pasando los lances. Todas las posturas, todos los ritmos. Se entremezclaron los sexos, las lenguas, los dedos, por todos los orificios de sus cuerpos. Los dos chorreaban sudor, llevaban más de una hora fornicando. El miembro del libio se relajó un poco y Lavinia protestó:

—¡Árbitro, este hombre se está aflojando!

Tirias se acercó a mirar y Vereo se sacudió el pene con la mano para recuperar la erección. Y se enfadó:

—¡Maldita loba tramposa! ¡Te vas a enterar!

Y la penetró con un ritmo más endiablado aún. Lavinia sintió la bola de fuego en las entrañas, cuando cambió el turno se montó sobre él y lo cabalgó vigorosamente mientras le acariciaba los testículos.

—Tienes las pelotas más grandes que un toro, eres un dios.

Él empezó a gemir. Las palabras y los movimientos de la mujer estaban ablandando al libio, que ya sentía chispazos subiendo por su pene. Entonces ella bajó una mano, acarició el ano de Vereo, lo penetró con uno de sus dedos y lo masajeó. Lavinia siguió moviendo las caderas y sintió como el ano del libio se contraía de forma rítmica, anunciando el espasmo. «Ya lo tengo», pensó. Los pechos de ella se movían, salvajes.

—¡Ah, qué senos! —acertó a decir él.

—¡Dame tu leche, Vereo!

Entonces Lavinia sintió dentro de sí los estertores y la eyaculación poderosa del hombre, mientras él jadeaba. Se fue calmando poco a poco, y Lavinia desmontó. El semen chorreaba por su sexo.

—Desde luego que eres un semental —dijo ella, sonriendo. Él la miró con rabia y algo de dulzura.

—Lavinia ganadora, Vereo eliminado —exclamó Tirias.

Marcia se acercó y puso la túnica a su señora mientras Vereo seguía tumbado en el lecho. Era la primera vez que aquel grandullón era derrotado, en el anfiteatro o en la cama. Se incorporó y se dirigió a Manlio:

—Apio Manlio Escauro, apelo al árbitro, esta mujer es fría, es de hielo, no puede concursar.

—Excusas de mal perdedor, no achaques a frigidez mía tu torpeza, libio —contestó ella. Y se quitó la túnica y volvió al lecho. El pene de Vereo todavía estaba semierecto. Ella tumbó a Vereo y se montó sobre su miembro sin introducirlo en su vagina y comenzó a moverse adelante y atrás, mientras con una de sus manos se comenzó a acariciar el clítoris y con la otra se tocaba los pechos. Comenzó a gemir, pasándose la lengua húmeda por los labios. El miembro de Vereo volvió a la erección y él la miraba excitado, entonces ella se introdujo el pene en su sexo. Lavinia seguía moviendo las caderas y acariciándose, el rubor cubrió su pecho y su rostro, ella gemía y entonces explotó su orgasmo, sacudiendo todo su cuerpo y llevándose a Vereo, que volvió a eyacular. Cuando ella se calmó, se recostó sobre el pecho de él.

—No soy fría, como has visto, y este coito te lo llevas de propina, libio. Reconozco que has sido digno rival y eres un buen amante, pero yo soy la mejor —y le dio un beso sonoro.

Lavinia no fue al banquete. Tomó sus baños de hierbas en su cuarto, asistida por Marcia, después se fue a las termas de la villa y se metió al agua. Luciano andaba paseando después de traer a Valeria de la danza y se sentó en el borde de la piscina. Lavinia se acercó y apoyó los brazos en el borde.

—Hoy te vi empleándote a fondo con el gladiador.

—Al menos tuve algo de diversión. Fornicar con él fue inolvidable, te lo recomiendo. Y espero que lo superes. Qué cara se le quedó a ese animal —se rio Lavinia, burlándose del libio.

—No seas sarcástica. Enturbia tu belleza.

—Vaya, además de actor saliste filósofo, y cada día sacas una máxima nueva.

Lavinia salió del agua. Sus ropas mojadas estaban pegadas a su cuerpo. Luciano la miró y se acercó.

— Por los deseos de los dioses al final quedamos los dos. Si caigo en la lid, habrá valido la pena probar tan linda rosa —dijo él, acariciando un bucle de sus cabellos. Ella sonrió.

—No me enredes con tus palabras ni tus halagos, poeta, que veo venir tus trucos. Prepárate para mañana, que la lucha, aunque placentera, será dura. Y voy a ganar.

—Eso ya lo veremos. Descansa —y besó la mano de la mujer.

Manlio y Lenia los espiaban, ocultos en la oscuridad.

—Puede que al final esta meretriz no sea tan fiera como ella se cree. Mírala, como corderita derretida con las tretas de ese poeta muerto de hambre. Lenia, mañana apuesta dos mil denarios al dacio —ordenó Manlio—. Tengo la corazonada de que la *magna fornicatrix* va a ser vencida.

Valeria también contemplaba la escena, oculta. Luciano caminaba hacia la tienda y ella le salió al paso.

—Esa mujer te quiere para sí. No es buena, es una furia, y no me gusta el juego que te traes con ella.

—No te enceles, Valeria. No tienes por qué preocuparte, ya lo dijo el poeta:

Mientras tengas ocasión y puedas ir por todas partes a rienda suelta, elige aquella a la que decir:

Tú eres la única que me gustas (2)

(2) Arte de amar, Libro I.

48

Le dio un beso en la frente, la tomó por la cintura y caminaron juntos hacia su tienda.

Esa noche, Manlio había traído al banquete a las famosas *puellae gaditanae*. Se oían las risas y los gritos de placer de los participantes en la orgía, mezclados con el canto de los grillos.

Y llegó el día de la final. El banquete matutino fue excelente: los mejores vinos, las mejores carnes, las mejores frutas. Al atardecer, Lavinia, bellísima, ataviada con una estola verde y el pelo recogido en un moño alto; y Luciano, vestido con una humilde túnica, se encontraron bajo las estatuas de los dioses. Los asistentes se colocaron alrededor, atentos. Las apuestas eran altas y Lavinia iba arriba, tres a uno.

Marcia comenzó a deshacer el peinado de su ama. Cuando su cabellera quedó suelta, Luciano, ya desnudo, apartó a Marcia, quitó el vestido a Lavinia con suavidad y le dio un beso en el cuello. Ella sonrió. Valeria se acercó con una pequeña ánfora de aceite aromático y con él Luciano embadurnó el cuerpo de la mujer acariciando sus pechos, sus muslos, sus caderas, su pubis, hasta que toda quedó brillante. Con movimientos rápidos él también se extendió el aceite por el cuerpo.

El sorteo de los lances dictaminó que comenzara Luciano. Tomó de la mano a Lavinia, la sentó en el lecho y le dio un beso lento y profundo. La mujer respondió, y sus lenguas se entrelazaron. Luciano se dedicó a besar los labios y el rostro de su amante mientras acariciaba sus senos.

Sonaron las palmadas del cambio de lance. Ella arrastró a Luciano al lecho, se tumbó de espaldas y le pidió que la penetrara. Él lo hizo despacio, y después los cuerpos de los dos jóvenes se comenzaron a mover de forma rítmica y armoniosa. Lavinia tomó con sus manos las nalgas del hombre para que fuera más rápido. Él se refrenaba, se tomaba el asunto con calma mientras la seguía besando.

—Aquí tienes a tu apasionado servidor y amante —dijo Luciano. Ella se estremeció con sus palabras, y él lo notó. La voz de Luciano sonaba suave, seductora y viril.

Después ella le practicó la felación, pasando su lengua lentamente por su miembro y acariciando sus testículos.

—Bella entre las bellas, linda etrusca hija de las olas, no desmereces a la mismísima Venus.

Ella se tumbó boca abajo, ofreciendo sus nalgas al hombre. Luciano la penetró. Lavinia comenzó a mover sus caderas, sinuosa.

Cambio el turno. Luciano se puso sobre ella, y mientras la montaba, acariciaba su rostro, forzándola a mirarlo.

—Como la luna destaca entre todas las estrellas en una cálida noche, así destaca tu belleza entre la de todas las mujeres, Lavinia.

Ella se estremeció de nuevo. Luciano siguió besándola, mientras con una mano experta comenzó a acariciarle el clítoris.

Los amantes se enredaban. Parecían bailarines, con una danza que solo entendían ellos. Así pasaron varios lances.

Lavinia vio que Luciano la envolvía con sus palabras

y pasó a la acción, dispuesta a acabar con él de una vez. Lo montó y comenzó a cabalgarlo con su danza de caderas, desbocada. Él agarró las nalgas de ella, intentando refrenarla mientras Lavinia se pasaba la lengua por los labios, rojos y húmedos, y con una de sus manos lo obligaba a mirarla. Luciano sintió que podía derramarse y se encorvó. Para su suerte, cambió el turno y él la volvió a penetrar mientras le decía:

—«Aparta de mí tus ojos, pues esos me han hecho salir fuera de mí, y me arroban» (3).

Continuó acariciándole también el clítoris y los pechos, y ahora Lavinia era la que comenzó a sentir un dulce ardor. Luciano lo notó y siguió con sus palabras, con su voz tierna y grave.

—«Cuán bella y agraciada eres, oh amabilísima y deliciosísima princesa» (4).

Lavinia comenzó a mover la cabeza y estiró sus brazos. Cerró los ojos mientras la sensualidad la envolvía junto con la voz del hombre. Ella se estiraba y se encogía, presa del placer, y su voz se abrió:

—Háblame, poeta, ámame.

—«Toda tú eres hermosa, oh amante mía, no hay defecto alguno en ti». (5)

Luciano salió de ella, y tomando sus muslos, bajó su lengua al sexo de Lavinia, que ya no pudo aguantar y

(3) Cantar de los cantares, VI-4
(4) Cantar de los cantares, VII-6
(5) Cantar de los cantares, IV-7

comenzó a moverse descontrolada, sacudiendo sus piernas y apretando a su amante mientras la dulzura la anegaba.

—¡Te amo, querido mío! —exclamó.

Y Lavinia se desató en espasmos. Gimió y gimió mientras la experta lengua de Luciano seguía acariciándola abajo.

Pasado un tiempo comenzó a calmarse, y Tirias dictaminó:

—Luciano ganador, Lavinia eliminada.

Ella miró a Luciano, con una mezcla de la dulzura del orgasmo que se le iba apagando y el odio del orgullo herido.

—Maldito seas, poeta.

Luciano había quedado de rodillas, entre los muslos de la mujer. Se había empleado a fondo, y recuperaba la respiración. Todavía estaba erecto, y entonces Valeria se acercó por atrás, tomó su pene con la mano y lo acarició hasta que él eyaculó sobre el vientre de Lavinia. Los presentes rompieron a aplaudir de forma espontánea. Luego Valeria cubrió a Luciano con su túnica y lo sacó del lecho. Marcia también se acercó y cubrió a su señora.

Manlio llevó a Luciano bajo las estatuas de los dioses y le entregó la bolsa con el premio.

—Te proclamo ganador de las lides de Venus —y los presentes volvieron a aplaudir.

Manlio estaba exultante, las ganancias habían sido mejor de lo que esperaba. Dio unas palmadas solicitando atención a los presentes.

—Queridos amigos, aquí acaban las lides. Para los que quieran seguir, este humilde romano os invita a seguir el banquete y la bacanal, ¡hasta que los cuerpos aguanten!

Y al tiempo que los criados servían los manjares y el vino, comenzó la orgía. Luciano se escabulló de las felicitaciones y con Valeria se dirigió a las afueras. Lavinia les salió al paso, seguida de Marcia y Lucio.

—Tan rápido se va el ganador. Y su compañía.

—Partimos mañana temprano, viajamos a Siracusa, pues tenemos que actuar en un festival en honor a Apolo —contestó Luciano.

—Dime, ¿de dónde sacaste las palabras, poeta?

—Algunas son mías, otras son de un libro de la religión hebrea, *El cantar de los cantares*, que compré a unos judíos.

—Buena táctica. He pensado en lo que me dijiste, quizá pueda dejar a un lado la venganza y encontrar el amor en las palabras, como haces tú, me he propuesto que voy a leer más. Mañana partiré a mi villa, y los dos sois mis invitados —dijo Lavinia, y miró a Valeria a la cara—: Y tú, la de ojos glaucos, también eres bienvenida. Venid conmigo, os mostraré la biblioteca de Cayo Emiliano.

—En otra ocasión, Lavinia —contestó él.

—Para las fiestas de la vendimia voy a hacer un festival de teatro en mi quinta, en las calendas de octubre. Os espero a los dos, os pagaré bien. Me gusta como bailas, Valeria, y no temas, que no te lo voy a quitar, solo quiero sus palabras —dijo acariciando el rostro de la muchacha y estampándole un beso en la mejilla.

—Por allí estaremos, señora, adiós —dijo Valeria, sonriendo.

Y Lavinia se marchó con su risa cantarina.

*

Luciano y Valeria partieron muy temprano, antes del alba. Recogieron la tienda y cargaron sus cosas en el asno con el que se desplazaban. Valeria miró a Luciano con sus ojos transparentes.

—Estoy encinta.

—¿Estás segura?

—Sí.

Luciano dio un beso en la frente a su compañera, la abrazó y la subió al burro. Él quedó a pie y tomó la rienda. Pensó un instante.

—En vez de ir andando hasta Calabria, iremos a Nápoles y allí tomaremos un barco, ahora tenemos dinero —dijo Luciano. Y partieron a paso rápido.

Lavinia se despertó al amanecer. Marcia, Lucio y los criados ya habían preparado su equipaje. Se aseó, se vistió y cuando salía se encontró con Manlio, que esperaba para volver a sus habitaciones.

—Y no me olvido de ti, perro sarnoso. Volveré para acabar contigo.

Le escupió y se montó en su carruaje.

Luciano y Valeria avanzaron varias horas hacia el norte, por la costa. Dejaron atrás Herculano y al mediodía ya estaban entrando a Nápoles. Entonces comenzaron a oír explosiones, se volvieron hacia el Vesubio y vieron una enorme columna de fuego y humo que subía hacia el cielo y luego se extendía hacia el sur.

—Vulcano está iracundo, se ha enfurecido porque en las lides en honor a los dioses no lo incluyeron —exclamó Luciano, asustado.

—Pobres gentes, no podemos hacer nada por ellos, vámonos lo más rápido posible —dijo Valeria.

*

Siglos después, las ciudades de Pompeya, Herculano y sus villas volvieron a ver la luz. Los arqueólogos excavaron las ruinas, quitando capas de ceniza y piedras. Muchos cuerpos aparecieron en la posición en la que fueron sorprendidos por el huracán de fuego que los abrasó al instante.

En una de las villas de Pompeya, al restaurar la estancia conocida como *tablinum*, aparecieron tres estatuas de mármol de Venus, Baco y Príapo, y pinturas con escenas sexuales en las paredes. Se encontraron ánforas, platos e instrumentos musicales, como si se hubiera estado celebrando un banquete, y bastantes cuerpos asfixiados mientras intentaban huir. No tenían restos de ropa, y los investigadores suponen que la lluvia de ceniza los sorprendió mientras estaban participando en un banquete o una orgía.

En las estancias de otra villa, más al norte, descubrieron varios cuerpos de criados, y en una sala que se usaba como biblioteca se encontró un lecho *lucubratorius* y al lado el cuerpo de una mujer joven, que debía ser la señora de la casa y de clase alta, por las joyas y restos del vestido que llevaba. A su lado encontraron un punzón y una tablilla, en la que quedaban tenues rastros de lo que estaba escribiendo cuando la muerte la sorprendió. Eran estos versos:

Dulce amor, allá donde te ocultes
esquivo eres o yo, ciega de mí
corriendo rauda delante te tuve,
oí tu voz, sentí tu mano, y no te vi.

Lv.

EL GROSERO TRAJÍN DEL GOCE

Jorge L. Ramírez Ávila

Para ir al colegio Gonzalo tomaba por la calle Maipú, que era la calle de las putas, y aunque la mayoría de la gente prefería evitarla por la presencia de borrachos y mujeres semidesnudas en las veredas a él le resultaba familiar. Su madre, Rosa Ester, era costurera y las putas sus mejores clientas que llenaban la casa de alegría, gritos, risotadas y palabrotas. Gonzalo acudía feliz a abrirles la puerta y a cambio recibía besuqueos, pellizcones, abrazos y manoseos que él aceptaba de buena gana mientras su nariz era asaltada por un penetrante perfume dulzón.

La preferida de Gonzalo era Magali. Alta, muy morena, de sonrisa amplia, con no más de treinta años, una gran melena crespa y dos grandes tetas siempre desbordadas por sobre la blusa.

Rosa Ester era amable con todas ellas, pero con Magali tenía una relación especial. Se alegraba de verla, conversaban, le celebraba sus chistes picantes y siempre la invitaba a tomar el té. Eran amigas.

En una ocasión Magali se encuclilló delante de Gonzalo, que tenía ocho años, lo abrazó y le hundió la cara entre los pechos y le comentó a Rosa Ester, con voz grave y seria: "Pensar que tendría esta edad." Gonzalo se sintió privilegiado de estar sumergido en ese enorme mar de carne, aunque lo que no le gustaba de ella era que lo tratara como a un niño, que no lo viera como a un hombre. De eso él se daba cuenta muy bien cuando la veía en la calle conversando con hombres, adquiría un tono de voz más grueso, usaba otro tipo de palabras y sus gestos eran más rudos, no como esos cariñitos estúpidos que le hacía a él. De todos modos, la quería y le gustaba, por eso es que hasta podía tolerarle esa voz aguda como un pito que le salía cuando lo arremetía con sus cariños. Pero lo que verdaderamente odiaba era cuando le decía que creciera pronto porque lo estaba esperando para casarse con él.

¡Mentiras! Nunca le creyó.

Por las mañanas las puertas y ventanas de los prostíbulos estaban cerradas, la calle amanecía desierta y silenciosa. Dentro, un sopor pesado se desplazaba por encima de las mujeres, semidesnudas, chasconas, rendidas en sus camas en posiciones extrañas, en las que las pilló el sueño irreversible. Ahogos con eructos densos de alcohol. Modorra espesa. Cuerpos malhadados teniendo sueños confusos.

Pero cuando Gonzalo regresaba del colegio, a la hora de almuerzo, la calle Maipú ya había despertado y era así como le gustaba más, con puertas y ventanas abiertas de par en par, con las mujeres fumando y disputándose el sol en las aceras, llamando con gracia a los hombres que pasaban, invitándolos a entrar, ofreciéndose a ellos.

Gonzalo sabía qué hacían esas mujeres. Sabía que eran putas y eso significaba que se desnudaban e iban a la cama con hombres, que los besaban, que ellos les tocaban las tetas, el culo y que incluso se enojaban con ellas y a veces hasta les pegaban. Cuando pasaba eso quedaba la gritadera y llegaban los pacos.

En una ocasión, en el primer recreo de la mañana, Gonzalo y todos los alumnos del colegio vieron desde el patio cómo por los techos de las casas de putas tres pacos corrían detrás de un hombre en calzoncillos. Gonzalo pensó que lo perseguían por haberle pegado a una de las mujeres y su corazón deseaba, con todas sus fuerzas, que no se tratara de Magali porque sintió mucha pena y rabia una vez que la vio llegar a su casa con un ojo morado y un labio partido e hinchado. Todos los alumnos miraban felices el espectáculo. Gritaban, silbaban, reían. Algunos opinaban que seguro se trataba de un asesino, que los asesinos siempre se refugian en las casas de putas. A Gonzalo se le subió el estómago a la boca cuando imaginó que era probable que aquel hombre le hubiera dado muerte a la Magali y estaba en esos pensamientos cuando escuchó un ¡GUAA! generalizado de los estudiantes. El prófugo había saltado al patio del colegio y todos le hicieron un pasillo humano por donde el tipo pasó, entre vítores y aplausos, en busca de la puerta de salida mientras los tres pacos, en el techo, impotentes, veían cómo se les escapaba; uno se sacó la gorra para secarse el sudor mientras otro se estiraba la chaqueta del uniforme y el tercero gritaba pidiendo una escalera.

Para Rosa Ester el maniquí era el centro de su taller de costura; una verdadera alegoría al cuerpo femenino. Consistía sólo en el tronco de una mujer. En vez de cabeza tenía una bola negra de madera, los hombros terminaban rectos y la tela, que cubría todo el tronco, color piel, se unía allí en una costura muy parecida a la cicatriz de una amputación. La cintura era exageradamente ceñida y la curva de la espalda se levantaba con notoriedad dando forma al inicio de las nalgas. Por todas esas subidas y bajadas Gonzalo deslizaba sus manos con los ojos cerrados imaginando que acariciaba el cuerpo de Magali. Las piernas no eran más que un pilar de madera unido a la base, de color negro haciendo juego con la bola de la cabeza. Los senos, una verdadera frustración porque si bien tenían el volumen carecían de forma, eran un todo compacto, un solo volumen que no despertaba ningún deseo por acariciarlos, no como las tetas de Magali, bien marcadas y separadas una de otra por una línea que para Gonzalo era lo más parecido que conocía a la línea del culo. Pero cuando el maniquí estaba vestido, sobre todo visto desde atrás, era como estar viendo a una mujer; a una mujer sin cabeza. Gonzalo conocía cada tabla del piso de la casa que crujía y tenía un itinerario para no pisarlas cuando por las noches, a escondidas de Rosa Ester, se levantaba para acariciar el maniquí.

Las putas siempre andaban con prisa o por lo menos eso parecía a los ojos de Gonzalo cuando éstas iban a su casa. Apenas cruzaban la puerta las veía desvestirse de inmediato para probarse la prenda que Rosa Ester les estaba cosiendo, sin importarles su presencia que, aunque fuera un niño, era un hombre al fin. A su madre tampoco le importaba y, a tal extremo, que hacía sus necesidades y unos lavados extraños con la puerta del baño abierta: de la cocina llevaba una tetera con agua caliente y la vertía en un lavatorio, sobre una banqueta y luego, con las piernas abiertas, se aseaba con un paño. Gonzalo percibía un olor que no era de su agrado y sentía cómo se extendía por la casa. Ella se privó de hacer sus cosas íntimas a la vista del muchacho cuando éste en una ocasión llegó hasta el baño, le dio una mirada reprobatoria, se apretó la nariz con una mano y cerró la puerta con la otra.

A pesar de que las mujeres no se inmutaban con su presencia, Gonzalo prefería mirarlas desde su guarida: un rincón detrás del enorme paraguas negro de su padre al que le había hecho un pequeño orificio con la punta de las tijeras de costura. Ahí estaba una tarde cuando una de las clientas llegó a ver a su madre. La mujer era linda, a él le gustaba verla reír porque se le hacían margaritas en las mejillas. Se llamaba Mónica y cada vez que se encontraba en la calle con Gonzalo le tomaba la cara con las dos manos y le propinaba un beso en la boca y luego le advertía que no se lo contara a su madre. Entonces era obvio que entre ellos existía una complicidad que él no iba a traicionar, aunque lo ahorcaran. Lo acostumbrado era que la mujer se quitara la ropa y se probara la que había dado a Rosa Ester para que le hiciera alguna transformación y quedaba en calzón y sostén, pero lo extraordinario fue que en una ocasión Mónica no tenía puesta ropa interior. Al ver eso a través del orificio del paraguas, Gonzalo sintió un remezón cercano a lo celestial. Su cuerpo experimentó algo desconocido; sus ojos tendieron a cerrarse, el mentón cayó hasta dejarlo con la boca abierta que daba paso a una respiración entrecortada y en la punta de su sexo surgió, lentamente, un extraño goce que cuando se hizo pleno le sacó, desde lo más profundo de las entrañas, un quejido cercano a la angustia que alertó a las mujeres.

Él las quedó mirando del otro lado del paraguas, desde el suelo, con una mirada que unía vergüenza con el desconcierto de un placer que aún le palpitaba, aunque moría lentamente, pero no importaba, ya sabía que aquello existía y sólo bastaba con recordar ese número de magia de Mónica al quedar completamente desnuda para volverlo a sentir. También aprendería a contener ese quejido delator.

*

Anoche mi papá se fue de la casa, por suerte, porque yo y mi mamá le teníamos miedo. Él es chofer y trabaja manejando un bus. Venía poco a la casa porque siempre andaba viajando al sur, al norte, a la playa, a donde lo mandaran. Nunca se sabía en qué lugar estaba. Cuando tenía unos días libres le gustaba irme a dejar y a buscar al colegio. Yo no lo pasaba muy bien cuando él no iba a trabajar porque se ponía a tomar cervezas, a cantar fuerte, a discutir con mi mamá que casi siempre terminaba llorando. Si alguna vez me caso le voy a obedecer en todo a mi señora porque por eso peleaban mis papás, porque él no le hacía caso a mi mamá, se ponía a fumar y ella se enojaba porque las telas quedaban hediondas a humo. También le molestaba cuando mi papá llegaba con olor a trago. Tiene unos bigotes grandes, bien gruesos, y cuando toma se le mojan y se le ponen hediondos. Debe dar asco darle un beso a un hombre con los bigotes hediondos. Cuando estaba borracho mi mamá se encerraba en la pieza con llave y mi papá tenía que dormir en el sillón y decía garabatos que yo escuchaba desde mi cama y tenía miedo que se fuera a meter a mi dormitorio. Gritaba de rabia porque mi mamá no le permitía fumar, decía que, si en su propia casa no podía fumar, entonces se iba a fumar donde las putas porque allá nadie le prohibía nada.

Una vez mi mamá me pidió que la acompañara al terminal de buses a dejarle un paquete con ropa limpia a mi papá. Llegaba del sur e inmediatamente debía volver así que no iba a alcanzar a pasar a la casa. Con mi mamá llegamos corriendo al andén. Él ya estaba en el bus, con el motor andando. Un enorme bus con ruedas muy grandes. Mi mamá se acercó a la ventanilla, le pasó el paquete con la ropa. Apenas alcanzaron a decirse hola ya que él tenía que irse, estaba en la hora de salida. Yo lo saludé con la mano desde el andén y él me tiró un beso y prendió y apagó las luces del bus para saludarme. Cuando ya iba saliendo me hizo chao con la mano por la ventanilla y se fue. Yo le hacía adiós con la mano. Unos pasajeros también hacían adiós por la ventanilla. El bus encendió los intermitentes del lado izquierdo, era mi papá que los ponía. El bus desapareció detrás del muro y ya no se vio más.

Anoche cuando se fue se llevó una maleta con todas sus cosas, pero dejó el paraguas. O lo olvidó. No creo que vuelva a buscarlo, no lo necesita porque prácticamente vive en el bus, si hasta duerme en él; abajo en el maletero tiene una cama con colchón y todo.

Mi mamá también tenía rabia anoche y le gritó que era un pobre huevón porque se iba con una puta, que ni siquiera era capaz de buscarse una mujer decente y que a su casa nunca más iba a entrar una puta. Eso me asustó porque yo no quiero dejar de ver a la Magali. No lo dejó despedirse de mí porque le dijo que no me molestara, que estaba durmiendo, pero yo estaba despierto, escuchando todo, mordiendo las sábanas para no llorar y para no tiritar de miedo a que entrara a mi pieza y me pegara, pero no entró, dio unos gritos y parece que botó una silla y todo terminó cuando dio un portazo. La casa quedó en silencio, quietecita. Me levanté para mirarlo desde la ventana. En la esquina lo estaba esperando una de las amigas de la Magali. Mi mamá seguía encerrada en su pieza, llorando. Cuando dobló la esquina desapareció, igual que el bus esa vez que lo fui a ver. Busqué mi ropa y me vestí, salí de mi pieza y saqué el vestido de la Magali que mi mamá tenía en el maniquí.

La calle me gusta más de noche que de día. No se nota que las casas son viejas. Además, hay luces de colores, música, la gente está contenta y hay olor a comida.

En la puerta estaba la Mirta con un hombre y cuando le pregunté por la Magali me hizo pasar a la cocina mientras la iba a buscar. Me senté a esperarla. Había una mujer gorda cocinando; le costaba caminar, tenía los pies hinchados dentro de unos tremendos zapatos de hombre que le habían cortado el talón. Con un trapo que se colgaba en el hombro tomaba las tapas de las ollas calientes para no quemarse y revolvía con una cuchara de palo. De un enorme sartén salía olor a papas fritas y me empezó a dar hambre. En eso entró la Magali y yo me extrañé porque tenía cara de susto y en vez de abrazarme y darme un beso como siempre que me pide que me case con ella, me preguntó qué hacía ahí.

Entonces yo le pasé el paquete con el vestido. Ella lo abrió y me siguió mirando con esa cara de susto, como si se hubiera encontrado con no sé qué adentro.

—¿Qué es esto? —preguntó como si no supiera que era su vestido.

—Tu vestido —le dije yo.

—¿Te mandó tu mamá?

—No. Te lo traje para que no lo pierdas.

—¿Por qué lo iba a perder?

—Mi mamá no quiere volver a ver a ninguna de ustedes en la casa.

—¿Por qué?

—No sé.

—¿Peleó con alguien?

—No sé.

—Bueno, gracias por traerme el vestido. ¿Quieres una bebida?

—Ya.

La Magali me hizo un espacio en la punta de la mesa, acercó una silla y me puso una bebida que sacó del refrigerador. Lavó un vaso y me lo llevó. Después abrió un mueble, sacó un plato y le pidió unas papas fritas a la cocinera gorda. Se sentó al frente de mí sin decir nada. Yo comía papas fritas. Estaban ricas, duritas y calientes. Me las comí todas y no me tomé toda la bebida porque quería quedarme con el gustito a papas fritas en la boca.

—¿Todas tienen su pieza? —le pregunté

—Sí, en el segundo piso.

—¿Me muestras la tuya?

—¿Mi pieza? —me preguntó y me fijé que la cocinera gorda se dio vuelta a mirar a la Magali.

—¿Para qué quieres ver mi pieza? —dijo.

—Tú siempre vas a mi casa y yo nunca he entrado a la tuya —le dije.

—Lo que pasa es que mi pieza es un puro desorden y muy chica.

—La mía igual —le dije—. Pero mi mamá me la ordena todas las mañanas y no me gusta porque me guarda las cosas en cualquier lugar y me cuesta encontrarlas. Me gustaría que nadie me ordenara la pieza.

—Mira —me dijo ella—, vamos a hacer una cosa. Me vas a acompañar a mi pieza a dejar el vestido y aprovechas de conocerla, pero después te vas porque si tu mamá sabe que estás aquí se va a enojar. Además, se puede asustar si no te encuentra en la casa. Ven, vamos —y me dio la mano para que la siguiera.

Para subir la escalera me tuvo que soltar la mano y desde atrás le iba mirando cómo el calzón, negro, se le metía en el culo cuando subía un escalón.

Es cierto que la pieza era chica, más chica que la mía y bien desordenada.

Cerró la puerta y colgó el vestido, muy ordenadito, en un colgador de madera.

—¿Bajemos? —me dijo después que cerró la puerta del closet.

—¿Para qué?

—Es hora de que te vayas, Gonzalo, no quiero tener problemas con tu mamá.

Yo no me quería ir, quería quedarme con ella toda la noche. Me dieron unos latidos en el corazón, sentía que la cara se me ponía colorada.

—Yo vine porque quiero acostarme contigo –le dije.

Ella no me contestó y pensé que se había enojado, que me iba a echar, pero se puso nerviosa, sacó un paquete de cigarrillos de entre las tetas y se puso a fumar. Me di cuenta de que no estaba enojada. Entonces se me pasaron los nervios y me senté en la cama.

—¿Qué pasa? —le dije.

—Lo que pasa es que no me puedo acostar contigo.

—¿Por qué no?

—Bueno... porque soy una puta.

—Por eso mismo es que quiero acostarme contigo –le dije yo.

*

—¿Gonzalo está?

—No, está en el colegio.

—Te traigo esto.

—No entiendo. Ese vestido lo tenía acá.

—Te lo cuento con la condición de que no se lo digas a Gonzalo.

—¿Qué tiene que ver Gonzalo?

—Él me lo llevó anoche.

—¿Anoche? Anoche no salió, lo mandé a acostarse temprano.

—Se habrá escapado.

—¿Y por qué te llevó el vestido?

—No sé. No entiendo mucho lo que me dijo.

—¿Qué te dijo?

—Que anoche tú estabas muy enojada con todas nosotras y que no nos ibas a dejar entrar más en tu casa. ¿Qué pasó?

—¿Gonzalo no te dijo nada?

—Nada.

—¿No te dijo que Aníbal se fue con esa puta amiga tuya?

—¿Qué? ¿Con qué amiga mía?

—Qué sé yo cómo se llama... esa rucia teñida.

—Todas las putas rucias son teñidas.

—Tú misma me la trajiste. Hace una semana no más que le arreglé un vestido.

—¿La Jessy? Con razón que no la vi en toda la noche. No tenía idea que conocía a tu marido.

—Que raro que no lo supieras viviendo en la misma casa.

—Te digo que no lo sabía. A él a veces yo lo veía en la casa, pero siempre tomando, nunca con las minas. No tenía idea que esa maraca se metía con tu marido.

—¿Quieres que te crea? Ya no le creo a nadie y menos a las putas.

—A mí no me ofendes con decirme puta, pero lo que no me gusta es que creas que te lo oculté y me extraña mucho porque pensé que éramos amigas.

—Tú lo has dicho. Éramos.

—Esa huevona se fue escondida. Se arrancó antes de que yo lo supiera.

—¿Tú? ¿Qué tienes que ver tú con todo esto?

—La Jessy sabe que tú eres amiga mía y una cosa así no me la hace nadie. Todas las huevonas saben que yo soy brava y voy a averiguar quiénes sabían y no me dijeron. Conmigo se las van a tener que ver.

—No vale la pena.

—Lo que hizo tu marido te lo hizo a ti, pero la Jessy me lo hizo a mí y no le va a salir gratis porque todo hay que pagarlo en esta vida. Esto a mí no se me va a olvidar y alguna vez me la voy a topar. ¿Tú crees que va a durar mucho tiempo con tu marido? La puta esa, es puta. Cualquier día lo va a dejar botado y va a volver arrastrándose aquí el huevón. Está empotado con esa yegua, pero cuando se le pase va a ver lo que es estar metido con una puta.

—Se le pase o no, a esta casa no vuelve a entrar.

—¿Sabes para dónde se fueron?

—No tengo idea ni me interesa. Yo ahora lo único que tengo que hacer es preocuparme de mi trabajo y de mi hijo.

—Es precioso ese chiquillo. Mira que ir a dejarme el vestido. No le vas a decir nada, ¿cierto?

—No le voy a decir nada. Déjame guardarlo antes de que lo vea y sepa que lo trajiste de vuelta.

—Está precioso.

—Apenas le di un hilván para que te lo probaras. Pero no sé cuándo te lo voy a tener listo.

—No te preocupes.

—Lo que pasa es que no tengo ánimo para nada. No sé qué voy a hacer.

—Llorar, llorar hasta que se te sequen las tripas, aunque ese infame no se lo merezca.

*

—Te quiero contar una cosa.

—Ya sé lo que me vas a contar, que la maraca de la Jessy se fue con el marido de la Rosa Ester.

—Me las va a pagar esa conchesumadre, como que me llamo Magali.

—Tú no te metas.

—Es que la Rosa es mi amiga.

—Por lo mismo. Va a estar mejor sola que mal acompañada. Si el culiao se fue con una puta quiere decir que no se merece a la Rosa.

—También es cierto.

—Hambre no va a pasar. Es joven y tiene su trabajo.

—Y a su hijo.

—Y a su hijo. De lo único que tiene que preocuparse es de salir adelante con su hijo.

—Estuvo aquí anoche.

—¿Quién?

—Gonzalo.

—¿No se llama Aníbal?

—El huevón se llama Aníbal, el niño se llama Gonzalo.

—¿Y qué quería?

—Chucha, no sé cómo decírtelo.

—¿Que huevá hiciste, huevona loca?

—Pero no me putees antes de que te cuente.

—No-me-di-gas-que-te-lo-¡culiaste!

—No, pero parecido.

—¿Cómo parecido? Culiar es culiar, no hay otra cosa que se le parezca.

—Lo que pasa es que el mocoso de mierda andaba caliente y se me metió a la pieza.

—¿Subió solo al segundo piso y se metió a tu pieza?

—No, subió conmigo a guardar algo.

—Y se te tiró encima y te culió.

—Bueno, si lo sabes todo entonces no te cuento nada más.

—Bueno ya, habla, habla...

—Salió escondido de su casa y me vino a ver. Cuando estaba aquí en la pieza no se quería ir, abajo estaba lleno de gente y yo no sabía qué hacer y él dele con que me acostara con él.

—¿Y por qué no lo agarraste del pellejo del culo y lo echaste?

—Porque no podía, lo conozco desde chiquitito.

—Con mayor razón.

—¿Te puedes quedar un rato callada y dejar que te cuente?

—...

—Le dije, mira, te voy a dar un beso y te vas a la casa. Me dijo que no, que me quería ver sin ropa. Ni cagando, le dije. ¿Y cómo en mi casa te sacas la ropa delante de mí?, me contestó. Y tenía toda la razón, cuando me voy a probar donde la Rosa me empeloto y nunca me ha preocupado de si está él o no. Te muestro una teta y te vas, le dije. Las dos, me contestó. Me subí la blusa, andaba con la blusa amarilla esa que fuimos a comprar juntas, y le mostré las tetas. Listo, le dije, ahora bajemos. No, me dijo él, muéstrame la chora. Y a mí me dio un ataque de risa que me dijera eso, cómo se le ocurre decir una cosa tan divertida, la chora, se dice el choro. ¿Cómo le dices tú?

—Choro.

—¿Viste? ¿Cómo no me iba a dar risa? Me llegué a caer en la cama de la risa y adivina qué.

—Se te tiró encima.

—Tal cual. ¿Cómo lo supiste?

—Soy adivina. ¿Y?

—Ahí me puse seria. Lo hice a un lado y le dije que no me iba a acostar con él porque era muy chico y no hago tal de decirle eso cuando salta cama abajo, se abre el cierre del pantalón y saca un pedazo de pichula así de enorme. ¡Tan re chico y tan pichulón!

—Se la chupaste.

—No, si lo único que quería era tocarme. No me lo quería meter ni nada. Puro tocarme.

—¿Y por qué no lo dejaste?

—Eso fue lo que hice. Le hubieras visto la cara.

—Cara de caliente, qué otra.

—De felicidad, huevona, de felicidad. Toca aquí, le dije, esta es la parte más delicada que una tiene como mujer y te voy a enseñar una cosa, no todo es meterlo. A una le gusta, le dije, que antes le toquen aquí, pero todos los hombres creen que con meterlo a una la hacen feliz.

—¿Qué pretendías? ¿Dártelas de profesora...?

—En eso me metió un dedo por el lado del calzón y me hundió un dedo en la chucha y acabó de pie, mirándome las tetas con cara de loco. Puso los ojos blancos y se dejó caer boca abajo en la cama, y se seguía moviendo y jadeando el chiquillo caliente. Te mojaste los pantalones, le dije. Sí, me contestó, qué rico. Le tomé el dedo que me metió y se lo puse en la nariz. Ya, le dije, hasta aquí no más quedamos y ahora por leso huélete el dedo para que sepas dónde te metiste, pensando yo que le iba a dar asco y se iba a ir, nada, se olió los dedos y después se los chupó.

—¡Que mocoso más caliente!

—Ni un helado lo debe lengüetear con tantas ganas.

—Ese mocoso está enamorado de ti.

—¿Tú crees? ¿Y qué hago ahora?

—Nada, ya la cagaste.

—La tremenda cagada.

—No te va a olvidar nunca. Ni en toda su vida.

Le decían Chupilca. Gonzalo no le conoció otro nombre, por eso es que cuando se encontró con ella esperando la micro en la plaza Egaña, después de más de diez años sin verla, no quiso ser descortés llamándola por el sobrenombre así que se las arregló para conversar con ella evitando mencionarla.

Estaba vieja, con algunos dientes de menos y las piernas llenas de várices, pero no había perdido su carácter alegre ni la vivacidad de sus ojos ni menos la risa estridente que le estallaba con el menor de los estímulos que la hizo famosa en esos años de esplendor de la calle Maipú. El mote de Chupilca se lo debía a un viejo pirquinero que había llegado del norte a vender unas magras pepitas de oro producto del trabajo de meses y que le alcanzaron para una noche de juerga y borrachera. El hombre se jactaba de haber sido un gran amante en su juventud, de haber cerrado en una ocasión una casa de putas en Chañaral después de bajar de las montañas con una bolsa llena de oro y de que las putas ya cerca de la madrugada le habían pedido que se fuera porque su ímpetu de macho era tan vigoroso que las tenía exhaustas. La Chupilca quiso saber de ese pasado y sobre todo de las ganancias que había obtenido en el presente, pero el pirquinero sólo quería gastar su dinero en beber porque su cuerpo ya estaba cansado de las montañas del desierto y de las lomas de las mujeres. Ya no estaba para esos trotes, dijo, y levantó la mano para ordenar más trago, pero la Chupilca se la tomó en el aire y la depositó abierta en sus caderas. Al hombre le brillaron los ojos cuando la mujer después se la depositó en un seno grande y generoso. Le dijo que para ella no existían los viejos porque tenía el poder de rejuvenecerlos y a los jóvenes los volvía hombres experimentados y más sabios que cualquiera con una sola revolcada. El minero tomó el desafío. Entre aplausos, brindis y chistes picantes subió al segundo piso siguiendo a la mujer mientras que unos apostaban a que el viejo no iba a ser capaz de montarse a la hembra. Pasó mucho rato hasta que el pirquinero bajó, con la camisa desabrochada, vigoroso y con más sed que cuando llegó. Atrás venía la mujer arreglándose el pelo y con unos billetes enrollados en la mano.

—Este viejo me hizo ver estrellas —dijo desde la escalera y todos aplaudieron.

—Me la encendió —decía el pirquinero mientras se tomaba el sexo con una mano—. Me encendió la pólvora que tenía guardada en este paquetito. Esta mujer es mejor que la chupilca del diablo.

Al abandonar el burdel por la mañana, el pirquinero sólo tenía dinero para volver al norte a seguir buscando pepitas de oro que le permitieran, dentro de varios meses, otras cuantas horas de plena felicidad.

Retirada del oficio debido a sus años, la Chupilca ahora se las arreglaba fabricando y vendiendo empanadas y pan amasado en su casa los fines de semana. Gonzalo se paró a su lado, pero ella no lo reconoció hasta que le habló y le dijo quién era. Cómo lo iba a reconocer si estaba tan grande y tan cambiado. Él y su madre se habían ido del barrio Estación hacía muchos años y los burdeles, poco a poco, fueron desapareciendo. El cine, donde daban programas de tres películas, pasó a ser un centro comercial que arrasó con todo ese pasado.

La Chupilca tenía una hija que bailaba y se desnudaba en un club nocturno de la plaza Egaña, además alternaba con los clientes induciéndolos a beber y a gastar en tragos para ella por los que recibía un porcentaje. Así fue que Solange fue presentada por su madre esa misma tarde a Gonzalo.

Volver a alternar con esas mujeres era como volver a ver familiares cercanos. Se sentía grato en ese ambiente, en confianza. Muy pronto conoció al resto de las mujeres y cuando supieron que era un hábil modista no dudaron en solicitarle sus servicios a los que él accedió encantado dándoles todo tipo de facilidades para pagar, aunque la mayoría de las veces no les cobraba más que los materiales y eso significaba que cada vez que acudía al local bebía gratis. Al barman le hizo unos pantalones.

Lo más importante del encuentro con la Chupilca era saber de Magali a la que nunca más volvió a ver y a la que nunca olvidó. La mujer se extrañó con la pregunta porque era por todos sabido que Magali había muerto. Fue un caso muy comentado y hasta salió en los diarios, pero Gonzalo no tenía idea y recibió la noticia con tremenda amargura. Anduvo semanas con la imagen de la Magali muerta dándole vueltas en su cabeza.

Cansada de seguir trabajando como prostituta había intentado establecer una relación que le permitiera empezar otra vida. Hijos no iba a tener porque le daba terror que le volviera a ocurrir lo mismo con el hijo que tuvo, que se le murió de una bronconeumonía, y además porque ya no estaba en edad para embarazarse.

El romance comenzó en una comisaría luego de que en la calle hubo una redada buscando drogas. A ella no le encontraron nada, pero la detuvieron porque insultó en su cara a un oficial joven que a la pasada le había agarrado el culo. En la comisaría todos la conocían a excepción del oficial, que era nuevo ahí, y también la respetaban de modo que el carabinero que le tomó la declaración intentó disculparse con ella a nombre del teniente, pero ella era orgullosa y sobre todo valiente y digna. Esas virtudes le valieron su desgracia porque el carabinero valoró sobremanera su actitud y cayó enamorado, rendido a sus pies. Empezaron a verse y todo el mundo sabía que ella era la novia del carabinero, pero aún no podía dejar su trabajo en la casa porque no tenía dónde ir y él tampoco tenía dónde llevarla; según le había dicho, vivía con sus padres.

Casualmente, por una conversación entre clientes, Magali se enteró de que su novio era casado, lo que significaba entonces que jamás la sacaría de ese lugar y que nada podía esperar de él. Además, ella en eso siempre había sido respetuosa de ciertos códigos, nunca le había levantado el marido a ninguna mujer y jamás lo haría. Los atendía, claro, pero no establecía ninguna otra relación. Decidió terminar inmediatamente con el carabinero, pero no fue fácil porque éste se puso testarudo, negándose a aceptar la decisión de Magali. Recurrió, incluso, a la promesa de separarse de su mujer para poder juntarse con ella, pero Magali no iba a echar pie atrás. Sabía que la mayoría de los hombres que acudían a la casa eran casados, pero jamás tomaría para ella al hombre de otra mujer. Entre sus compañeras lo había visto muchas veces y siempre lo desaprobó; hasta perdió amistades por sus convicciones que le dictaban que en un matrimonio también existen hijos y que primero había que pensar en ellos.

El carabinero, borracho que apenas se podía el cuerpo, entró como Pedro por su casa según le contó la Chupilca. Era de madrugada y la casa estaba llena de clientes. Buscó a Magali en el salón y al no encontrarla subió las escaleras e irrumpió en su pieza. Naturalmente ella estaba con un hombre, pero eso no le molestaba porque era su trabajo y lo podía entender; lo que no le entraba en su cabeza era que rechazara la oferta de vivir con él.

Sólo fueron unos segundos. Tan rápido ocurrió todo que el cliente que estaba con ella ni siquiera alcanzó a saltar de la cama. El carabinero entró a la pieza con un revólver en la mano. Magali, desnuda, se puso de rodillas en la cama con la mirada fija en el cañón del arma, suplicándole que no le hiciera daño, y recibió un certero tiro en la frente. Fue una muerte rápida, sin sufrimiento. Cayó arriba del cliente que aterrado optó por quedarse quieto debajo de ella.

—Y desde debajo de la Magali el pobre hombre escuchó el otro disparo y el ruido del cuerpo del paco cayendo muerto al suelo —le contaba la Chupilca—. Se pegó un disparo en la boca. Los sesos quedaron pegados en la muralla. Tuvieron que pagarle a alguien de afuera para que limpiara porque ninguna de nosotras quiso hacerlo. Cuando escuchamos los disparos todas corrimos escaleras arriba y nos encontramos con ese espectáculo horrible... —le tiritaban de emoción los labios a la Chupilca al recordar aquello—. Había sangre por todos lados. Al paco le faltaba toda la parte de atrás de la cabeza. La Magali tenía un hoyo en la frente, su pelo negro le brillaba por la sangre que le brotaba por la nuca. Todavía estaba con los ojos abiertos, con la mirada horrorizada. En el primer piso los hombres a punta de codazos y patadas se abrían paso para huir antes de que llegaran los pacos.

La Chupilca volvió a su casa y Gonzalo se quedó bebiendo y conversando con Solange toda la noche. A ella le interesaba saber del barrio y de las mujeres donde su madre había trabajado cuando joven. De madrugada en la puerta del club nocturno con los neones ya apagados, Solange despidió a Gonzalo con un amoroso y ebrio beso en la boca. Los primeros rayos del sol asomando por la cordillera lo sorprendieron en la calle Irarrázaval camino a su departamento en la villa Frei. Su cabeza rebalsaba imágenes de su niñez, de su madre y del fulgor aborrecible de aquel disparo que mató a Magali.

Caminó por el sendero entre los árboles y llegó a su edificio. Lo sobresaltó el desagradable ruido de una ventana cerrada violentamente. Levantó la mirada y vio que una mujer abría la ventana mientras la mano de un hombre, desde atrás, le tomaba con violencia el cabello obligándola a retroceder. Impresionado Gonzalo se detuvo y se encontró con la mirada de la mujer, pero no había en ella una petición de auxilio, sólo lo miraba como si por la posición y la tensión de sus cabellos, tirados muy fuertes, no pudiera mirar en otra dirección. La mujer fue apartada de la ventana por el hombre que volvió a cerrarla con la misma violencia anterior. Gonzalo se sintió impotente de no poder ayudarla. Tampoco había podido ayudar a Magali.

Subió lentamente las escaleras, abrió el departamento, caminó directo al dormitorio y se arrojó boca abajo en la cama. Allí lloró hasta quedarse dormido.

Despertó cerca de las dos de la tarde con un fuerte dolor de cabeza. Se dio cuenta que no iba a poder trabajar durante todo el día y nuevamente fue invadido por el recuerdo de Magali. Pensó que a ella le hubiera gustado verlo convertido en un hombre y a él le hubiera gustado poderla ayudar, ahora que estaría vieja.

*

Gonzalo hacía su trabajo en forma metódica y rutinaria. Su departamento estaba convertido en taller de costura. Telas y retazos repartidos aquí y allá. La mesa del comedor era la mesa de corte, trazado a tiza y copia de moldes. Dos maniquíes modernos estaban en el centro de la sala y el antiguo, el de su madre, en un rincón iluminado especialmente por un pequeño foco. Cada mañana, mientras esperaba que el café estuviera listo, Gonzalo tomaba alguna tela y con sólo la ayuda de algunos alfileres diseñaba un vestido sobre el viejo maniquí que luego adornaba con bisuterías. Era un rito que hacía todas las mañanas y jamás dejaba de hacerlo porque si no entonces no podía comenzar a trabajar. El rincón ese era como una especie de gruta donde la virgen había sido reemplazada por el maniquí y las velas por los brillos de las alhajas de fantasía. Era a lo único que le dedicaba un tiempo porque todo el resto de lo doméstico estaba convertido en un caos incluido el dormitorio. Desde la mañana a la noche tenía la radio encendida. Su favorita era una que alternaba canciones y noticias aparte de dar la hora a cada momento. Trabajaba en silencio y se desplazaba como una hormiga preocupada sólo de su afán; de la mesa a la máquina de coser y de ahí al maniquí y con el maniquí en brazos al espejo para mirar de otro ángulo y luego a su silla de trabajo donde remataba a mano ciertas cos-turas. Su reloj de pulsera lo usaba nada más que cuando salía porque durante todo el día la radio machacaba la hora y la temperatura, por tanto, en la muñeca, en vez del reloj usaba una almohadilla atiborrada de alfileres.

Luego de conocer a Solange acudió todas las noches al cabaret, pero luego de un par de semanas decidió volver a su disciplina de trabajo casi religiosa y apenas aparecía un par de veces a la semana y se cuidaba de no embriagarse. La primera que acudió a su departamento a hacer uso de sus virtudes como costurero, por derecho propio puesto que ella era la amiga original, fue Solange. Tenía una idea clara de lo que quería y se sintió muy feliz cuando vio que Gonzalo no sólo captaba perfec-tamente la idea, sino que además le sugería cambios que ella encontraba maravillosos. La personalidad silenciosa y retraída que mostraba Gonzalo en el club nocturno, en su casa se tornaba activa, imaginativa. Ni siquiera preguntó a la muchacha, al menos unos veinte años menor, si estaba dispuesta a desnudarse delante de él. Simplemente le quitó la blusa, la rodeó con los brazos, aplastando con el pecho los senos de ella, y desprendió el broche del sostén; en seguida se ocupó del jeans que ella vio tenerlo en un segundo en las rodillas y de in-mediato el calzón. Ella ayudó en silencio porque los zapatos impedían quitarse todo. Una vez desnuda

Gonzalo movió un sillón y de entre unas cajas que guardaba atrás sacó un par de zapatos de taco alto. Le pidió a Solange que se los pusiera y mientras ella obedecía él ya tenía una tela negra entre las manos y la miraba de arriba a abajo, de lado a lado. Le pidió que con las manos se subiera los senos y luego los dejara caer. Ella lo hizo y ante la cara de interrogación que ponía, Gonzalo sintió la obligación de explicar que aquello era para ver el juego de sus senos, para saber si iba a ser o no necesario hacer algún plisado que los levantara. La cubrió con la tela afirmándola con alfileres, dio algunos tirones, estiró pliegues, la hizo girar como si tuviera un pivote, a su vez él giró alrededor de ella en sentido contrario sin dejar de tenerla tomada con una mano por la cintura. Le apegó la tela al cuerpo, le rozó y pellizcó con suavidad los pezones para erectarlos, constató la tirantez exacta de la tela para hacer resaltar los senos y pasó su mano por las nalgas quitando las últimas arrugas. Para distraerla la instaló frente al espejo. Ella se miraba, concentrada. A escondidas Gonzalo tomó una de sus almohadillas a la que le había sacado todos los alfileres y la frotó en el calzón de Solange contra la parte que había estado en contacto con su húmedo sexo. Volvió con ella para dar los últimos toques, una última marca de tiza y luego se retiró a la cocina a preparar café dejando a la muchacha para que se vistiera en intimidad.

Al volver con dos tazones humeantes le dijo que le cobraría muy barato, que su cuerpo era ideal para trabajar y que lo único que le pedía era que usara el vestido sin ropa interior para evitar las marcas.

Solange se fue agradecida y muy contenta. Tras cerrar la puerta Gonzalo fue a buscar la almohadilla y se la acercó a la nariz. Cerró los ojos imaginando que la tenía a ella frente a su boca y la lamió. Tomó un alfiler y lo clavó en la almohadilla como si clavara el sexo de Solange. Cuando el alfiler penetró hasta el final lo giró varias veces tomándolo de su pequeña cabeza. Lo movía como si pretendiera clavar el alma de Solange, lo hacía girar con la delicadeza sanadora de un acupuntor. Retiró el alfiler de la almohadilla, lo olió y tal un hueso de pollo, lo chupó.

*

¿Cómo es eso de que si me hacía caca? Todos los niños se hacen caca, ¿qué tiene de raro? Me toma por sorpresa. Yo pensé que íbamos a hablar de mí, de mis problemas o de las cosas que me preocupan y usted me sale con la caca. Pregúnteme qué pasó con mi papá, quién era mi mamá, si me regalaron a una tía o si me crió una abuela, si tengo hermanos o hermanas, pero no eso de la caca porque no tiene nada que ver con los sentimientos y menos con la sicología. Yo vine para que me diga qué hacer con la depresión, porque parece que estoy un poco deprimido, y no a hablar de la caca.

Vine porque me la recomendó una amiga, ¿se lo había dicho?, bueno, ella me la recomendó porque según me contó, usted la ayudó mucho y no le dio ni una pastilla y eso hizo que me decidiera a venir a verla porque a mí no me gusta tomar pastillas. Mi mamá tomaba pastillas para cualquier cosa que sintiera y le recetaba a todo el mundo. Cuando niño ya me tomé la cuota que un ser humano se puede tomar en la vida así que de pastillas no quiero ni hablar y menos de la caca porque ¿sabe usted qué me pasa con las pastillas...? Justamente. Me dan ganas de hacer caca.

Encuentro tan siútico eso de hacer caca, me refiero a la manera de decir: "hacer caca". Es como hacer pis, que es igual de siútico. Para que usted sepa yo me crié entre prostitutas. No es que viviera con ellas, pero pasaban metidas en mi casa porque mi mamá les cosía, era costurera. Usted entiende, les arreglaba la ropa y todo eso. Cuando querían ir al baño no pedían permiso para ir a hacer pis sino que simplemente se paraban y hacían un trotecito con las rodillas juntas y se perdían por el pasillo gritando "¡ya vengo, estoy que me meo...!", o sea, ellas no hacían pis, meaban. Y tampoco hacían caca; cagaban.

No sé porqué me acuerdo de estas cosas, supongo que será por la preguntita suya. ¿Por qué se le ocurrió preguntarme eso? ¿A todos sus pacientes les pregunta lo mismo? Cuando mañana mi amiga me pregunte cómo me fue con usted ¿qué le voy a decir? No me va a quedar otra que contarle que partimos mal, porque partimos, comillas, cagándola. Yo pensé que íbamos a hablar de lo que me pasa a mí y usted viene y me pregunta de buenas a primeras si me hacía caca. Todavía no entiendo para qué quiere saber eso. No, yo no sé qué pretende averiguar usted, pero lo que sé es que no me voy a prestar para este tipo de cosas. Si me hacía o no me hacía es una cuestión personal, es algo íntimo. ¿Y si yo sufría cuando me pasaba algo así? ¿Qué sabe usted? No estoy diciendo que lo hiciera, lo que quiero decir es que no es llegar y preguntarle a una persona cosas tan delicadas. Supongo que eso se lo habrán enseñado en la universidad. Es increíble, llego y usted me pregunta, así, sin ningún preámbulo, si me hacía caca. Increíble. Nunca me había pasado. Bueno, no me había pasado porque nunca había ido a una sicóloga. No sabía que la cosa era así o si no, no vengo. Si me permite que se lo diga, usted la cagó. Cierto. La cagó. No por la pregunta solamente, sino que además resulta que me inhibió. ¿Cómo voy a poder hablarle de algo serio de ahora en adelante? Además, ¿usted cree que la gente se acuerda de cuando se cagaba? Yo me acuerdo porque tengo buena memoria, pero la mayoría de la gente se acordará de su primer juguete o de su primera ida al circo. De cosas normales. En ese sentido yo no debo ser muy normal porque no me acuerdo de esas cosas, pero sí me acuerdo de lo otro, de eso de cagarse que usted me pregunta, pero que no se lo voy a contar porque ya le dije, es personal.

No seré un intelectual, pero tampoco soy un ignorante. Soy modisto, como mi mamá. Y no soy un modisto cualquiera, no se crea, porque le quiero decir que me codeo con harta gente, mujeres, sí, mujeres, y algunas son muy importantes, cultas, que manejan empresas y algunas trabajan en el gobierno y por algo será que se entienden conmigo. Son mujeres preparadas, pero cuando me cuentan sus cosas, usted no lo va a creer, por su manera de hablar, parece que no hubieran ido nunca a la universidad. No sé si hablarán siempre así o lo hacen conmigo porque les doy confianza, según ellas. Lo mismo les pasa a los peluqueros que escuchan todas las intimidades de las viejas con sus maridos. Llegan donde uno y se ponen a hablar como loros, como si uno las conociera desde siempre, bueno, hay algunas que las conozco de hace años. Y eso, es nada más porque creen que los peluqueros y los modistos somos todos gay. La cosa es que se relajan, se sienten en confianza porque como uno las ve tal como son, creo yo, ni siquiera como Dios las echó al mundo sino que harto tiempo después, cuando ya están gordas, llenas de charchas, de estrías, con los pechos caídos, con cicatrices de operaciones; la cicatriz más común es la de la vesícula que es tremenda de grande, es la más fea porque parece que no hay más remedio que abrir no más, por lo bajo son trece puntos, en cambio la apendicitis es un tajito chiquito en la ingle y después de un año casi no se nota; bueno, y para qué vamos a hablar de los moretones, con ese tema yo podría escribir un libro. En general las que llegan con un moretón en el ojo le echan la culpa a una ventana. Incluso, hasta he llegado a pensar que se debieran prohibir las ventanas por ser un elemento perjudicial para la mujer porque los hombres no chocan con las ventanas y el que choca seguro que es gay y tiene un novio que le pega. Al ratito uno sabe, y sin preguntar nada, que la famosa ventana en realidad era el marido que llegó curado y no toleró que una mujer medio dormida y chascona le llamara la atención y para dejar muy en claro que él hace lo que se le da la gana y que no quiere que se le vuelva a llamar la atención, lo arregla todo con un combo en el ojo.

Los más caraduras, después de aforrarle a la mujer, se van a acostar y roncan como chanchos. A la mañana siguiente como no son capaces de enfrentar a esa mujer, que está deshecha o mejor dicho desarmada si es que le tocó una paliza, con un ojo morado, se levantan temprano y huyen al estadio. Por la noche de nuevo llegan con trago, pero no borrachos como la vez anterior, y se encuentran con que la mujer ya está acostada lo que significa que el macho es el que tiene el mando, entonces en la mañana del lunes el desayuno ya está servido, él deja plata para los gastos de la semana, se pone de pie, se va a la oficina con un despido que parece gruñido y cuando vuelve por la tarde lo espera la cena y aquí no ha pasado nada.

Hay otros que son, como le dijera yo, más sensibleros, ¿me entiende?, entonces después de pegarle a la vieja, acto seguido la agarran a besos, pero acto seguido, o sea, apenas le saltan los mocos con sangre a la pobre mujer, entonces ella, ante la debilidad del pobre imbécil, aprovecha de pegarle unos arañazos y unas cachetadas, y a él entonces le baja una especie de angustia porque no puede creer que hayan llegado a tanta violencia y se quiebra y entre sollozos y eructos, porque el gas de la cerveza le empieza a aflorar por la nariz con el movimiento, pide disculpas por haberle levantado la mano, pero también la dejó caer y por eso no pide disculpas, y se abrazan y se besuquean, quedan cochinos con baba, mocos, sangre, y al otro día él apelará a que su mujer también lo agredió entonces sólo queda en que se pongan de acuerdo en quién empezó y como ninguno da el brazo a torcer es más fácil que se reconcilien porque al otro día es lunes y hay que trabajar y no vamos a andar toda la semana enojados, gordita, así que se reconcilian y les dura hasta la próxima borrachera y el próximo puñete que ya no va a ser en el ojo y no sería raro que de paso le vuele un par de dientes...

Y usted me queda mirando con cara de pregunta, de porqué le cuento esto. No sé, me acordé no más, pero parece que usted insiste en que le cuente cuentos con caca...

Mire, ahora no me eche a mí la culpa porque fue usted la que me preguntó si me hacía caca...

Bueno, sí, está bien, me imagino que puedo hablar de otra cosa, pero ya que me metió en esto no se me ocurre otra cosa de qué hablar que no sea de la caca así que voy a seguir porque, como dice el dicho, un chiste saca otro chiste, un clavo saca otro clavo, entonces supongo que me entiende si le digo que la caca saca más caca.

Una clienta llegó en una oportunidad muy asqueada porque tenía al marido enfermo, en cama, y había que atenderlo en todo y como el tratamiento, los doctores, los exámenes y los remedios eran carísimos no podía contratar a una enfermera y ella estaba obligada a hacerse cargo hasta de lavarle el culo al viejo que, entre paréntesis, era famoso por lo bueno para cagar. Y no hace mucho otra clienta me contó algo que todavía me da vueltas en la cabeza. Al marido le gusta hacer cosas raras... En la cama... ¿En qué lugar que no sea la cama se hacen cosas raras? Pero el caballero no es muy creativo, no es que se le ocurra una postura exótica detrás de otra, no, tiene que copiar y para eso compra revistas porno para sacar ideas. Él la quiere y ella también porque, aunque parezca un detalle hay que quererse para hacer tanta cosa. Buscan posturas estrambóticas, compran ropas medio calentonas, pero nunca cosas porno como consoladores y esas cosas porque a los dos les da vergüenza meterse a ese tipo de tiendas, pero un día a él se le pasó la mano. Le pidió a ella que le metiera un dedo, usted se imagina, por ahí, y para ella era súper incómodo porque él es un poco gordito parece, entonces a ella le costaba tener el brazo estirado metiéndole el dedo, bueno, la cosa es que cuando estaba pasando todo, cuando él estaba a punto, a punto, a ella se le salió el dedo y el tipo se hizo, ¿me entiende? No me entiende. El tipo se cagó arriba de ella. Tal cual. Yo me quedé helado cuando me contó. Bueno, usted ni se inmuta porque me imagino que aquí escuchará de todo, debe estar acostumbrada o si no, no me preguntaría si me hago caca, o si me hacía, ya no me acuerdo bien lo que me preguntó. ¿A usted le ha pasado algo así alguna vez?...

Me refiero a que si se ha hecho...

Le estoy devolviendo con la misma pregunta. ¿Sabe qué es lo que pienso? Que usted está escribiendo un libro y pone todo lo que le cuentan los pacientes. Si quiere puede poner lo que le acabo de contar de mi amiga, total, no le dije el nombre así que da lo mismo, pero de lo mío, eso sí que no, bueno, aunque en realidad no sé qué podría poner de mí porque de mí yo no le he contado nada.

¿Ya es la hora? Uh, se me pasó volando.

*

Decidido a satisfacer a toda costa a una clienta que a última hora le encargó un vestido urgente es que Gonzalo cosió todo el día sin detenerse ni siquiera para almorzar. La mujer pagó con gusto el alto precio de su antojo y se retiró feliz. Recién a las diez de la noche

Gonzalo se sentó a cenar en un restaurante de la plaza Egaña. Luego de comer un buen trozo de carne mechada con arroz y dos copas de vino, fue por un par de tragos al club nocturno y a conversar con su amiga Solange.

Se ubicó en la barra y pidió su trago favorito, un irish. Por el barman supo que Solange no iría a trabajar esa noche de modo que, no teniendo con quien conversar, se sentó mirando en dirección al escenario donde una de las chicas bailaba entre luces de colores que intentaban seguir el ritmo de la música con un volumen tan alto que retumbaba contra los muros y finalmente se estrellaba en el pecho de los asistentes.

La muchacha del escenario se ganaba la atención de los hombres haciendo pequeños e insinuantes simulacros de quitarse el pequeño sostén o el diminuto calzón. Gonzalo también se sintió motivado por el show y se concentró. De pronto la bailarina se quitó el sostén entre aplausos y gritos. Gonzalo probó su trago. Un ligero calor le recorrió el cuerpo. Un agradable y sutil rubor se le instaló en las orejas. Chasqueó la lengua, gesto hecho para sí mismo, como signo de bienestar, de agrado y comodidad. En el escenario la bailarina se disponía a quitarse el calzón y Gonzalo notó que su sexo empezaba a hacerse sentir bajo el pantalón. Brenda, una de las chicas del lugar, se acercó a saludarlo, pero Gonzalo estaba tan concentrado que dio un enorme brinco en el asiento cuando ella le tocó un hombro.

—Hola guachito...

—¡Chucha...! Me asustaste. ¿No me viste que estaba concentrado? Casi boto el trago.

—Ay, disculpa, Gonzalito. Pensé que me habías visto.

—Y no me digas Gonzalito.

—¿Por qué no? ¿Acaso no es tu nombre?

—Mi nombre es Gonzalo, no Gonzalito.

—Pero Gonzalito es más cariñoso.

—No es más cariñoso. Es lastimoso. Se le trata en diminutivo a una persona cuando se le tiene lástima o se la mira en menos.

—Pero yo no lo hago por eso. Yo no te tengo lástima, te tengo cariño.

—Entonces no me vuelvas a decir Gonzalito. Nunca más.

—Ya, ya, está bien. Oye, ¿qué te pasa que andas de tan mal genio? No me digai que estás enojado conmigo porque te debo plata.

—¿Cuándo me he enojado por plata, huevona mal agradecida?

—Oye, ya, está bien. Andai más bravo que la chucha. No tienes para qué enojarte tanto.

—¿Así que me debes plata...?

—Si poh. Te debo quince lucas.

—¿En serio? No me acuerdo.

—Para que veas que soy honesta.

—¿Tienes plata?

—Ni un peso. Ha estado malo el negocio.

—Mmm... ¿Vas a bailar?

—Sí. En un rato más.

—Págamela de otra manera.

—¿En carne?

—No.

—¿Te lo chupo?

—Tampoco.

—¿Querí que te haga una paja...? Te dejo acabar en las tetas.

—No. Mira —Gonzalo sacó de su bolsillo una almohadilla para alfileres y se la pasó.

—¿Y esto? ¿No es para los alfileres? —preguntó Brenda.

—Sí.

—¿Qué quieres que haga con ella?

—Te lo digo con la condición de que me prometas que no se lo vas a contar a nadie, si no, todo el mundo va a saber que me debes plata y que me quieres pagar con una chupada.

—Te lo prometo y más encima te lo juro.

—Confío en ti.

—Dime.

—Quiero que te la pongas en la concha cuando bailes.

—¿Qué me la meta, dices tú?

—No. Encima. Que se moje un poquito.

—Pero me va a quedar un bulto entre las piernas. Capaz que crean que soy travesti, que tengo pichula. Me la tendría que meter para que no se note.

—Entonces métetela.

*

En estos días estuve pensando si contarle o no acerca de esas cosas de la caca. No es que me dé vergüenza, no, nada de eso, pero como ya se lo dije, no entiendo qué tiene que ver, de qué le puede servir a usted saber si yo me cagaba o no cuando chico. A cierta edad es bastante normal, de hecho yo tenía un compañero de curso que se hacía todos los días, pero todos los santos días el Molina se cagaba. Yo creo que llegaba cagado al colegio, o sea, se cagaba apenas salía de su casa porque él vivía a sólo dos cuadras. Yo vivía a más de diez cuadras, una gran diferencia, y a veces yo no alcanzaba a llegar porque la distancia era más grande. Además, él, el Molina, era medio tontito. Hablaba raro, como que le costaba modular y no entendía nunca lo que explicaba la profesora. La boca siempre la tenía medio abierta y le corría la baba por la pera, era asqueroso, sobre todo cuando le colgaba un hilo de baba que le llegaba hasta el cuaderno, entonces hacía un ruido raro con la boca y se volvía a tragar la baba y el resto que quedaba encima del cuaderno lo limpiaba con la mano dejando un tremendo manchón y como no sabía qué hacer con todo eso, arrancaba la hoja del cuaderno y la escondía en un bolsillo y después se limpiaba la mano en el pantalón. Si no controlaba la saliva, menos iba a controlar el culo. Yo me sentaba detrás de Molina y desde temprano empezaba a sentir el olor a mierda. Ya todos estábamos acostumbrados así que nadie se escandalizaba. Eso sí que a veces la profesora llegaba de mal genio y decía "Molina" entonces el pobre Molina se paraba y salía de la sala. Al pobre tonto ni siquiera se le ocurría ir al baño y limpiarse, aunque en realidad no habría sacado nada porque en esa época los colegios no eran como los de ahora, que tienen más comodidades, ni papel había así que el pobre se quedaba por ahí en el patio, caminando, aburrido. A mí siempre me llamaba la atención eso. ¿Qué hacía Molina cuando la profesora le decía "Molina"? Decir "Molina" era lo mismo que decir caca y todos entendíamos lo mismo, incluso él. "Molina", dicho por la profesora, quería decir que saliera, o sea, era como decir "que salga el cagón" y se paraba de su silla y uno le miraba la bolsa que se le hacía en el pantalón y al caminar le bailaba de un lado a otro. A veces yo pedía permiso para ir al baño y me juntaba un rato con él. A veces jugábamos a las bolitas y como era tan tonto era fácil ganarle y a mí me daba lástima así que le jugaba un par de tiritos y me dejaba ganar. Claro que no le jugaba cualquier tirito, le jugaba los de "ojitos de gato", pero que estaban con alguna saltadura. A él le gustaban los tiritos de catre que yo tenía, que los robaba del catre de bronce de mi abuela y los rellenaba con plomo, pero esos no se los jugaba, hasta ahí no más llegaba mi compasión.

Un día en la mañana me despertó mi papá y me llevé una sorpresa porque no sabía que estaba en la casa. Debió haber llegado en la noche mientras yo dormía. Cuando estaba sin trabajar le gustaba ir a dejarme al colegio así que salí esa mañana de la mano de él. No me soltaba hasta que llegábamos a la puerta misma y todos mis compañeros después se reían porque yo llegaba de la mano de mi papá.

Una mañana él mismo me llevó el desayuno a la cama, leche caliente con harina tostada. ¿Usted sabe lo que es eso? No se ha perdido nada, es asqueroso. Apenas terminé de vestirme me dieron ganas de cagar y corrí al baño, pero cuando me estaba bajando los pantalones mi papá golpeó la puerta y desde afuera me gritó porque me demoraba demasiado, que nos teníamos que ir inmediatamente. Yo le tenía miedo así que se me pasaron

las ganas y me subí los pantalones. No habíamos caminado ni media cuadra cuando me empezaron los dolores,
como que las tripas se me movían, se retorcían y yo
aguantaba, contenía la respiración, pero parece que era
peor. Llegamos al colegio, se despidió y yo prácticamente no podía caminar y efectivamente, di un paso y
me cagué. A pasos del baño me cagué. Sentía que una
masa tibia me invadía y el olor, bueno, como que salió
por arriba, por aquí por entre la camisa. Es raro porque
en el baño como que el olor se queda abajo, pero en ese
caso no, entonces me urgí porque si se me acercaba
alguien se iba a dar cuenta de que me había cagado.
Empecé a caminar hacia el baño, pero con todo el
cuerpo tenso, duro, como si con los músculos pudiera
controlar esa masa que tenía en los pantalones. Tenía
que disimular porque todavía no tocaban la campana
de entrada y estaban todos en el patio. Me metí en una
de las casetas del baño y empecé a revisar con qué me
podría limpiar. Los libros no los podía romper porque
costaban caro y, según decía mi mamá, ella y mi papá
hacían un gran sacrificio para comprarlos. A los cuadernos tampoco les podía sacar ninguna hoja porque
se desarmaban y además recién, hacía una semana, los
había pasado en limpio y a todos les había hecho unos
dibujos con animales, con barcos...

No, no me acuerdo de eso, no sé si alguna vez dibujé
un bus como el de mi papá. En todas las hojas de los
cuadernos, en la parte de arriba de la página, puse mi
nombre con una letra como las de los titulares de los
diarios. Como esos cuadernos no los podía usar para
limpiarme el culo pensé en sacarme la ropa y limpiarme
con el calzoncillo y botarlo. El problema es que mi

mamá lo iba a echar de menos, entonces tenía que inventar algo porque la ropa también costaba cara y no era cosa de andarla botando. El asunto es que la cosa era más grave de lo que pensaba porque con la leche y la harina tostada me había dado diarrea, ¿me entiende? Lo que quiero decir es que no era una masa compacta, dura. Era preferible no mover nada o iba a ser peor, me iba a chorrear entero, hasta los zapatos. No sabía qué hacer. Me bajó una especie de angustia, como un cosquilleo en las articulaciones, en todas las articulaciones; los dedos, los codos, las rodillas y me dieron ganas de caerme. Fíjese que todavía me pasa eso. Cada vez menos, eso sí, soy adulto. No es que me sienta débil, no. No es como un desmayo. Siento ganas de caerme, eso. Así como soltar el cuerpo y sacarme la cresta en el suelo. Una especie de evasión. No quiero estar ahí. Nunca lo he hecho, pero me dan ganas. Bueno, y como era chico, tenía seis o siete años, me puse a llorar ahí, encerrado en el baño. Me tiritaba el labio de abajo y se me nubló la vista con las lágrimas y las piernas me flaqueaban y me vinieron esas ganas terribles de caerme. Me sentía el ser más miserable, el más abandonado, llorando y afirmado de ambos muros con los brazos estirados, cagado, cagado en cuerpo y alma tratando de saber qué hacer. Cada vez que me acuerdo de eso me da mucha pena. Como que me siento lástima... No, ahora no lloro. Hace mucho tiempo que no lloro...

¿En qué iba? Ah, estaba llorando cuando sonó la campana que ordenaba formarnos para entrar a la sala. Me limpié los mocos con la manga de la chaqueta y salí. En la fila me puse detrás de Molina y antes de que alguno sospechara de mí yo mismo lo acusé.

—Ya te cagaste tan temprano, Molina—, le dije y aunque lo negó por supuesto que nadie le creyó. Siempre me acuerdo de eso. Tal vez ese fue el único día que Molina no se cagó y yo lo traicioné. Desde ese día le tomé afecto porque supe lo que es estar cagado. Por eso es que cuando la gente está mal dice que anda cagada y tienen toda la razón. Es lo peor.

Hasta que entramos a la sala de clases yo tenía la situación controlada. La caca ya estaba endureciendo y si no me movía mucho podría pasar sin que nadie se diera cuenta. Lo que había olvidado es que teníamos que sentarnos. ¿Ha visto la plasta de las vacas? Debe haber quedado igual. Aplastada. Una verdadera tortilla de mierda. Ahí me quedé. No levanté la mano en toda la mañana para que la profesora no me hiciera salir al pizarrón, pero igual ella estaba extrañada, porque yo era súper inquieto y siempre levantaba la mano para contestar. Cuando al fin llegó la hora de salida fue un alivio. Me sentía incómodo, me ardían los muslos por dentro, irritados y ya no toleraba mi propio olor. Estaba mi papá esperándome. Apenas me vio se dio cuenta que caminaba raro. Le dije que me había caído jugando a la pelota y tenía rota la rodilla.

A mi mamá sí le pude contar, llorando, aunque más de rabia que de pena. Me suspendieron la leche con harina, pero lo raro es que al otro día de nuevo me cagué. En clases. ¿Por qué no pedí permiso para ir al baño? No lo sé. Era cosa de levantar la mano y salir. La segunda vez no estaba con diarrea así que no fue tan complicado, pero al mediodía, cuando ya estaba todo bien seco y duro, sentí como unos alfileres que me clavaban los muslos. ¿Por qué dolerá? Yo me imaginaba que eran como esas cosas que hay en las cuevas... esta-lactitas, eso, gracias. Me imaginaba que eran estalactitas que se me clavaban en el culo. Estalactitas de caca, obvio.

No me acuerdo en qué terminó eso. No sé en qué momento dejé de cagarme, pero tengo el recuerdo de una vez que no sé porqué tengo la idea que fue la última. Estábamos estudiando las tablas de multiplicar. La manera de memorizarlas era estudiarlas de corrido, en orden de uno a diez, y cuando uno ya se las sabía bien, entonces podía decirlas saltadas. Tengo la idea de que la profesora me gustaba. Se llamaba Ana, igual a una tía que tuve, pero mi tía era fea. Le gustaba hacerme cariño. Me tomaba la cara entre sus manos y me decía que le regalara mis ojos. Estábamos pasando la tabla del cuatro y ella, parada delante indicaba a uno de nosotros y le preguntaba de saltado algún número de la tabla del cuatro, entonces le preguntó a un compañero y él no supo la respuesta, él estaba sentado atrás entonces la profesora caminó hacia él, supongo que para corregirle o para mirarle su cuaderno, no sé, y cuando pasó por mi lado yo le dije que me sabía la tabla del cinco, porque para quedar bien con ella yo me había adelantado y por mi cuenta había estudiado la tabla del cinco, entonces ella se alegró mucho, se devolvió, me tomó la cara entre sus manos como lo hacía siempre y me preguntó cuánto era cinco por siete, pero yo me la sabía de corrido, no saltada, entonces empecé a pasarla de corrido en mi cabeza hasta llegar a siete y como me demoraba dijo que no, que no me la sabía y yo me la quedé mirando, con mi cara entre sus manos y me cagué. Fue extraño porque ni siquiera tenía ganas de cagar, ni siquiera me había molestado el estómago, nada. Fue como algo nervioso, como una reacción ante la humillación de no haber sabido responderle a la profesora. Parece que esa fue la última vez que me pasó.

*

Mira Solange, que te quede claro que lo que te cuento es porque estoy con trago y porque eres mi amiga. En ese orden. ¿Sí? Tú sabes que nunca hablo de mí. Si no fuera porque estoy borracho no te lo contaría. Estoy tomando desde el mediodía, no, miento, desde antes del mediodía. Empecé con un irish, mi trago preferido, café con whisky. Si quieres te invito a un trago, no hay problema... Pero tómate otra cosa, el irish es para otra hora, para el frío, ahora toma algo que te levante el ánimo y te quite esa cara de culo. Así no vas a agarrar ningún cliente ni por más maquillaje que te pongas. Todavía es temprano y tienes que durar toda la noche así que cambia la cara. Un tequila. Un corto de tequila te sube el ánimo, te deja arriba. Al seco eso sí, con los ojos cerrados. De una. Todo para adentro.

Prométeme una cosa. Te cuento esto, pero no abres la boca. Y te lo cuento no sólo por contártelo. Lo que pasa es que me quedé un poco preocupado y mañana, cuando se me pase la borrachera, voy a estar más preocupado todavía.

Mira, todo partió temprano en la mañana. De partida me levanté a las nueve de la mañana, cosa que no hago nunca y llamé por teléfono a mi clienta. Tú no lo viste terminado, pero el vestido me quedó macanudo. Lo terminé anoche a última hora y la verdad, y no es porque yo lo diga o porque quiera tirarme flores, pero me sentí orgulloso. Una pena que no lo vieras. No pude esperar hasta la noche para mostrártelo porque cuando en la mañana llamé a la clienta para decirle que lo había terminado me rogó que se lo fuera a dejar inmediatamente. Tú sabes cómo se ponen las viejas con un vestido nuevo, histéricas. Me hice un café a la rápida y salí. Ese fue el problema también, no tomé desayuno, no había comido nada y se me ocurrió ponerme a tomar con el estómago vacío. Por eso me agarró tan fuerte.

A las diez de la mañana ya estaba arriba de un taxi. Llevaba el vestido aquí, en las rodillas, bien envueltito, cuidándolo como hueso de santo. Por supuesto que hice un paquete bien hecho. Doblé bien el vestido, cuidando que no quedara ningún pliegue. Revisé que no tuviera ni una pelusa y ni una hilacha suelta por ahí. Profesional. Yo soy profesional. Por algo hasta las viejas más ricachonas me prefieren en lugar de ir a esas tiendas que les sacan un ojo de la cara con los precios.

Hice un paquete con papel de envolver. Claro que primero lo envolví en papel mantequilla. Parecía un paquete antiguo. Ya nadie usa papel de envolver. Claro que es un detalle. Es parte de mi trabajo y por eso es que quedé como original. El papel de envolver del que yo te hablo, el que uso yo, no es ese con que hacen bolsos como dices tú que te dan en la panadería. Ese es muy grueso. Es casi del mismo color, eso sí, de color crema, pero no es lo mismo. El que te digo yo es delgado. Tiene un lado liso, brillante y por el otro es opaco y como que tiene un vello casi transparente, muy suave. Tú eres muy joven y te criaste comprando en supermercados donde viene todo envasado y se usan bolsas de plástico. Antes no, no era así la cosa. Compraras lo que compraras te lo daban envuelto en ese papel. Hasta los caramelos.

Me acuerdo que mi mamá me mandaba al almacén de la esquina a comprar azúcar. Se vendía al menudeo; tú podías comprar de a medio, de a cuarto kilo y la mercadería te la envolvían en ese tipo de papel. Por ejemplo, el azúcar se ponía al centro de un trozo cuadrado de papel. Luego se iban uniendo los costados, entrelazando las dos orillas, liándolas con los dedos y el papel se hacía tan dócil como la masa de empanadas. Luego dos vueltas en el aire y ahí estaba el paquete, gordiflón en la base y con dos puntas arriba, como orejitas de ratón.

Ya nadie usa ese papel, pero yo lo volví a descubrir. Hay que ser creativo. La gente cree que para ser creativo hay que inventar todo. No siempre. Lo único que hago es usar algo que está ahí, pero es a uno al que se le tiene que ocurrir.

La clienta me estaba esperando y cuando abrió la puerta se le fueron los ojos derechitos al paquete. Para que sepas yo soy profesional y nunca he tenido nada con una clienta. Ustedes no son clientas, poh Solange. Son de la casa. Si les cobrara como clientas no me podrían pagar.

Se me olvida una cosa. El paquete estaba amarrado con una cinta roja de la misma tela del vestido y la rematé con un nudo rosa. Otro detalle. En esta pega todo lo hacen los detalles. Por eso mismo yo también andaba producido. Ahora ya no se me nota mucho porque no he parado en todo el día. La ropa también se cansa y se pone fea. Dejé el paquete en la cama, porque me hizo pasar al dormitorio, pero no por lo que estás pensando, no, porque quería probárselo al momento. Tomé una punta de la cinta, le di un tironcito y el paquete aflojó, como que se arrellanó en la cama, se relajó, ¿me entiendes? Entonces fui abriendo el envoltorio, con calma, poniéndole suspenso porque adentro no había cualquier cosa, había un vestido hecho por estas manitos que Dios me dio, costura por costura, tú viste que me pasé varias noches sacándome la cresta, quemándome las pestañas, así que no era llegar y abrirlo como si fuera un paquete de papel de diario con pescado, no pues. Me hubieras visto, parecía un mago. ¿Has visto cuando los magos sacan una paloma de entre unas gasas de colores? Es como si el bicho les brotara de las manos, como si acabara de nacer. Bueno, yo hice lo mismo. Hice nacer el vestido y el paquete ya no parecía paquete y el papel no parecía papel sino una breva que se iba abriendo, mostrando la carne roja, como una concha, del mismo color que el vestido que empezó a surgir como una mariposa saliendo del capullo, de un capullo de papel. La vieja pagó feliz. Le cobré súper caro. Estuve como nunca. Igual que ahora que me siento como inspirado. Cuando chico yo escribía poesía, en serio, aunque no lo creas. Mi mamá las guardaba porque creía que se las escribía a ella, pero yo le escribía a la Magali, una amiga de tu mamá de la que yo estaba enamorado.

Hace tiempo que no andaba tan temprano en la calle. Hacía frío, pero cuando salí de la casa de mi clienta me encontré con que afuera estaba con sol. Me sentía totalmente satisfecho. A pesar del sol el frío seguía igual así que me metí a un bar y pedí un café y sobre la misma me arrepentí y me cambié a un irish, bueno, ya te lo conté. Sentía cómo iba bajando por la garganta, haciéndome volver el alma al cuerpo. Se me empezó a entibiar todo y cuando prendí un pucho y eché una bocanada de humo me sentí en la gloria misma.

Al principio estaba nervioso, quería volver luego a trabajar, si es lo único que hago, pero decidí pedir otro trago y quedarme ahí, fumando hasta la hora que me diera la gana. Total, para eso trabajo, para darme un gustito de vez en cuando. Ahí fue cuando me acordé de mi amiga Nelly. Ella siempre tiene las mejores telas que trae de Europa. Como andaba con plata partí a ver qué tenía. Por suerte se me ocurrió ir antes de gastarme toda la plata porque después de lo que me pasó me volví a meter a otro bar y ahí me quedé, chupando, hasta que terminé aquí. Eso sí que nunca le quité los ojos de encima al paquete con las telas. A propósito, lo dejaste bien guardado, ¿no es cierto? Lo que me preocupa es que alguien le vaya a dar vuelta un vaso encima.

Bueno, mi amiga vive en un departamento en el centro, en un edificio antiguo. Ya te quisieras un departamento así, enorme, cuatro piezas, pasillo, dos baños, unas tremendas murallas, altas. La cosa es que mi amiga no estaba, lo que era raro porque no sale nunca. Pensé que andaría comprando así que salí a la calle para esperarla en la entrada del edificio. Cuando empujé la puerta para salir a la vereda me di cuenta que estaba un poco borracho, con ganas de seguir tomando. No sé qué cara tendría yo ahí, parado en la puerta del edificio de mi amiga viendo pasar a la gente, la cosa es que no deben haber pasado más de tres minutos, incluso estaba pensando si irme para la casa o pasar a almorzar a uno de esos restorancitos que hay por ahí, cuando se me acercó un tipo preguntando por el nombre de una calle. De partida me pareció raro porque me preguntó por la calle Rosas. ¿Quién no conoce la calle Rosas? Además, estaba al lado, a veinte metros, en la esquina. Y eso mismo le dije, que si la calle fuera perro lo mordía de tan cerca que estaba, en la esquina, pero él reaccionó como si le hubiera dado la dirección del cielo. Profundamente agradecido. Que huevón más exagerado, pensé, pero cuando me ofreció sacarme la suerte como una manera de agradecerme, ahí recién vine a caer en la cuenta de que era gitano. No sé cómo no me di cuenta antes. Sobre todo, por la vestimenta. Se supone que si sé algo es de ropa y así y todo caí tarde. Mira, el huevón andaba con una camisa blanca, con unos vuelos que tapaban la línea de los botones. Hay que ser gitano para usar una camisa tan chula en la calle y la chaqueta, en realidad soy harto huevón, la chaqueta era roja. Sí, comadre, roja. Tal cual. Bombero no era. Así que era trompetista de una banda de salsa o tenía que ser gitano. Le dije que no creía en esas cosas de la suerte y que se fuera tranquilo, que no era necesario agradecerme tanto, que no era nada, pero él insistía y me pidió que no tuviera miedo, que toda la gente se asusta porque creen que ellos son ladrones y esas cosas y que no me iba a pedir ni una sola moneda, sólo quería verme la suerte y desearme que me fuera lo mejor posible y que además no necesitaba plata porque plata él tenía. Me mostró un tremendo fajo de billetes así que pensé que al menos en eso no me estaba mintiendo.

A mí desde chico me dijeron que hay que desconfiar de los gitanos, que son unos charlatanes, ladrones y esas cosas. Siempre había querido verme la suerte, pero como me habían metido todo eso en la cabeza nunca me había atrevido. A ti te tiene que haber pasado lo mismo, no lo niegues. Te apuesto que más de una vez te has sacado la suerte con una gitana. La diferencia es que éste era hombre, pero, en fin, es cierto, yo tampoco había visto a un gitano sacando la suerte, siempre son mujeres, pero en ese momento no lo pensé. La cosa es que con el trago me envalentoné y le dije que bueno, que aceptaba que me viera la suerte, pero en la calle no. La verdad es que me daba vergüenza estar con la mano estirada a vista y paciencia de todo el mundo así que le propuse que mejor entráramos al edificio. Nos pusimos en un rincón al lado de la entrada que tiene dos puertas enormes de vidrio, preciosas, antiguas. Yo veía pasar a la gente y la gente miraba su reflejo en la mampara. Bueno, detalles no más. La cosa es que, cuento corto, el gitano lo primero que me pide es un pañuelo. Yo jamás uso pañuelo, tú sabes, es como de caballero antiguo.

Entonces me pidió cualquier cosa, un papel, algo. Me registré los bolsillos y empecé a sacar cosas. Las llaves, los cigarrillos y no había nada que le sirviera. La billetera no la saqué eso sí, yo siempre desconfiando. Ni siquiera me metí las manos en los bolsillos de atrás, pero él se dio cuenta y me preguntó si no tenía algo atrás. El culo, le dije. ¿Y por qué no?, me dijo, igual puede servir. El culo lo uso para rascármelo y para cagar, le dije y él me dijo que no lo tomara a mal, que era una broma, que me relajara, que lo único que él quería era desearme el bien. Entonces me pidió el paquete de cigarrillos. Yo pensé que se iba a poner a fumar, pero no, quería el celofán que envuelve el paquete así que lo sacó y me lo devolvió. De repente empezó a murmurar algo que no le entendí, como si estuviera rezando y con el celofán en la mano hizo unos movimientos raros, como esas musarañas que hacen los curas cuando bendicen. Primero me hizo una cruz en la frente, luego en el pecho y después en el pico. Hice como si nada y lo dejé que siguiera. Partió de nuevo por la frente y repitió lo mismo hasta llegar al pico otra vez, pero se quedó ahí, pegado, como si me lo estuviera bendiciendo. A esas alturas, se me había olvidado decirte, él estaba hincado, sí, hincado y yo medio nervioso de que nos viera alguien. ¿Cómo iba a explicar si alguien nos veía? Era una escena muy rara.

Le pedí que se pusiera de pie, alguien nos podría ver. Al caradura no le importaba porque cuando uno está haciéndole el bien a un hermano no hay nada que temer, dijo, y que lo que yo tenía era un mal alojado justo ahí, en el pico, y él me lo iba a sacar, que tenía poderes para eso y yo, como estaba bastante tomado me dejé llevar. Mejor, le dije, vamos más adentro. Así que me siguió al segundo piso. Íbamos subiendo y nos topamos con el conserje del edificio que venía bajando con una escoba en la mano. Ese viejo de mierda es completamente cotillero, me conoce de hace tiempo así que le llamó la atención que fuera subiendo cuando mi amiga vive en el primer piso. La señora Nelly salió, me dijo, si sé, le dije yo, me hice el desentendido y seguí subiendo. Eso sí que le sonreí, no sé para qué, la cosa es que le sonreí, así como si no pasara nada y el gitano al lado con camisa de vuelos y chaqueta roja. Llegamos al descanso de la escala en el segundo piso y como estaba todo tranquilo nos quedamos ahí. El gitano se hincó de nuevo y empezó a hacerme esas cosas como santiguaciones hasta que llegó al pico. Tenía una tremenda habilidad con las manos, con decirte que casi no alcancé a darme cuenta y ya me tenía el marrueco abierto y el pico afuera. Yo pensé que por suerte el pico va unido al cuerpo si no este huevón me lo roba. Yo pensaba estas cosas para no mirar al gitano. Me entretenía mirando para la calle por una ventanilla que hay donde la escalera da la vuelta. Miraba a un ciego que pedía plata en un tarro chico de Nescafé. El bastón lo tenía colgando en una de las muñecas y yo pensaba si no le pesaría, aunque debe ser liviano, pero igual, todo el día con el bastón colgando, por muy liviano que sea, debe cansar. Lo podría dejar afirmado en la muralla, pero después pensé que si lo deja afirmado capaz que se lo roben porque la calle está llena de huevones malos que no les importan ni los ciegos y después venden el bastón en el mercado persa por dos chauchas. A todo esto, el gitano seguía afanado con mi pichula y de repente me empezó a echar el forro para atrás y después para adelante. A mí no siempre me gusta eso porque a veces me duele, pero el huevón tenía mano de monja. Siempre me ha dado risa ese dicho, debe ser porque las monjas todo lo hacen bien delicado, suavecito; dicen que cocinan muy bien, sobre todo pasteles, galletas, esas cosas. ¿Sabrán lo que es una paja? Bueno, me lo hacía suavecito el gitano, incluso tuve que bajar la vista para ver qué me estaba haciendo y claro, me estaba haciendo una paja. ¿Me estás haciendo una paja?, le dije y ¿me creerías que me dijo que no? Si esto no es paja ¿entonces qué mierda es?, le dije y él dele con que era para sacarme los malos espíritus. A todo esto, se me había puesto duro y yo creo que debe haber sido por tanto trago que había tomado porque no creo que a uno se le pare así porque sí con un hombre.

Me preguntó si no podíamos ir a un lugar más tranquilo porque, según él, alguien me había hecho un maleficio y le estaba costando mucho sacarme los malos espíritus. Se desconcentraba con la bulla de la calle y yo pensé qué tanta bulla, pero claro, igual se escuchaban los bocinazos de las micros y en realidad cuesta concentrarse con bulla, de hecho, yo mismo estaba desconcentrado mirando al ciego, entonces me acordé que en todos los pisos hay una piecita, bien pequeña, que se usa para botar la basura. Hay una tapa de fierro, uno la abre, mete la basura y cae por un tubo. Para allá me lo llevé porque tengo que reconocer que el pico se me había puesto así de grande y total, ya estaba ahí y total qué tanta cosa...

Puta madre, yo sé que mañana me voy a arrepentir de hablar tanto. No me voy a atrever ni a salir a la calle de pura vergüenza.

Bueno, entonces nos encerramos, pero con la puerta un poco abierta porque no tenía luz. El gitano se hincó y antes que me diera cuenta se había metido el pico en la boca. Lo chupaba mejor que una mina. Se notaba que le gustaba hacerlo. Tenía experiencia. Con las manos lo agarraba de atrás y mantenía el forro abajo y me chupaba la cabeza, suavecito. Ahí me entró la rabia con el gitano que me había tomado por otro maricón así que cuando me dieron ganas de acabar no le dije nada y le acabé en la boca, pero como te dije, tenía experiencia y se alcanzó a dar cuenta así que el primer chorro lo dejó saltar, pero igual no alcanzó a hacerse a un lado y le cayó en el pecho de la camisa, pero no le importó y me lo volvió a chupar para que le acabara el resto en la boca. Cuando terminé yo mismo me lo guardé, en silencio, y me subí el cierre. Me había entrado toda la preocupación de que alguien se hubiera dado cuenta que estábamos encerrados. Recién en ese momento vine a saber para qué me había pedido un pañuelo. Para escupir, para eso lo quería así que estuvo bueno que yo no hubiera tenido pañuelo porque después lo habría tenido que botar. Escupió en la bolsita de celofán de los cigarrillos. Como estábamos en el lugar donde se bota la basura lo echó ahí mismo. Entre el semen y la saliva llenó la bolsita y se notaba pesada y la escuché cuando cayó abajo. No te voy a decir que fue un estruendo, pero igual la escuché, no sé, pero yo me fijo en esas cosas, me fijo en los detalles, así como en las cosas que hacía el ciego cuando lo miraba por la ventana, como que se sonreía, como si estuviera conversando con alguien, también movía la cabeza, como diciendo no.

Salimos de la pieza chica esa y empezamos a bajar la escalera. Yo iba callado y él también. Al llegar al primer piso lo primero que vi fue al conserje parado en la entrada. Como si nos estuviera esperando, como diciendo que se había dado cuenta de todo. Yo hice como si no existiera. El gitano sacó un papelito y un lápiz del bolsillo interior de la chaqueta y anotó una dirección. Mientras escribía yo me daba cuenta que el conserje lo miraba de reojo, le debe haber llamado la atención la ropa. Dobló el papel y me lo pasó, me dijo que ahí lo podía encontrar. Dio media vuelta y se fue. No había caminado ni cuatro pasos y le grité: "¡Oye...! ¡Gracias...!"

Me hizo una seña con la mano y se fue. Guardé el papel, eso sí que no sé dónde, no lo he podido encontrar. El conserje sacó el habla y me dijo que mi amiga había vuelto hacía rato así que entré y compré mis telas. Eso fue todo. Después seguí tomando y me gasté casi toda la plata y antes de irme a acostar vine a tomarme el trago del estribo y a desahogarme. No sé qué fue lo que me pasó.

Yo doy por hecho con que esto es para ti no más porque te tengo confianza y no se lo vas a contar a nadie. Júrame que no se lo vas a contar a nadie.

*

—¿Qué pasa que esta noche hay tanta gente?

—Llegó un grupo que anda en una despedida de soltero.

—Súper alzados los huevones.

—Ya me di cuenta.

—Hay un petizo con el pelo largo que me agarró el culo a la pasada.

—Hay que decirle al Mario que esté vivo el ojo por si a alguno se le ocurre subirse al escenario.

—No soporto el frío que hace en este camarín de mierda. Mira cómo se me pone la piel, parezco gallina. ¡Y los pezones!

—Dicen que el frío hace bien para las arrugas. Hay gente que se ducha con agua helada.

—Esas son tonteras. Mira, hasta la ropa está húmeda.

—Eso es culpa tuya porque te gustan esos bikinis como de tela metálica.

—¿Qué le cuesta al viejo culiao ponernos una estufa?

—Le cuesta que tiene que comprarla. Podríamos comprar una entre todas.

—Ni loca. Eso le corresponde al dueño. A cualquier secretaria le ponen estufa.

—Secretaria.

—¿Y cuál es la diferencia? ¿Acaso las putas no sentimos frío?

—Igual, pero nos tratan como putas no como secretarias.

—Entonces que traiga secretarias a bailar a ver si va a ganar tanta plata como con nosotras.

—¿Viste a Gonzalo borracho en la barra?

—Sí, ¿a qué hora llegó?

—Apenas abrimos. Llegó borracho. Es buena persona, pero lo encuentro raro.

—¿Será maricón?

—¿Con lo mano larga que es? No creo. Cuando he tenido que ir a su casa a probarme más lo que me toquetea.

—¿Pero ha intentado hacerte algo?

—Nunca, pero yo creo que cualquier día me va a pedir un polvo. Por algo no me cobra. Yo le llevo la pura tela y una vez ni los botones me quiso cobrar.

—Cuando yo voy a probarme me empelota entera.

Ni el calzón me deja puesto porque dice que se marca. Y yo me empeloto, total, no es novedad si igual nos ve aquí. Pero eso sí que nunca me ha tocado. O sea, me toca, pero mientras me prueba, pero tocarme-tocarme, así como que de caliente me agarre una teta, no. Nunca. Pero me mira. Se le salen los ojos.

—Conmigo igual. Se le ponen los ojos como huevos fritos.

—¿Te has fijado cómo respira?

—Sí, como si estuviera a punto de acabar.

—Parece que se calienta de puro mirar.

—Hay gente muy rara en este mundo.

—Pero igual no me molesta, me trata bien. Es súper buena persona. A mí tampoco me cobra.

—¿Viste? De repente le vamos a tener que soltar el culo.

—Pero hay que reconocer que cose bien.

—Sí, eso sí. Total, un polvo más un polvo menos no creo que nos vaya a hacer mal.

—Menos a ese precio porque un vestido, por ejemplo, como el último que te hizo, en cualquier tienda te cuesta ochenta mil pesos cuando menos. Si le cose a gente de plata. Yo he visto a unas viejas bajarse de unos tremendos autos en su casa.

—¿Y por qué se te ocurrió que puede ser maricón?

—Es que me contó algo que le pasó hoy día. ¡Chucha...!

—¿Qué te pasó?

—Me llegó la regla de golpe y no compré nada que ponerme.

—Yo tengo. Saca de mi bolso.

—Voy a tener que decirle al Perilla que para hoy me cambie la música por algo lento. Si me muevo mucho capaz que me chorree en el escenario. ¿Te acuerdas cuando la Gato se entusiasmó bailándole a un turco y se olvidó de todo?

—Pero cómo se le ocurre a esa huevona abrir tanto las piernas.

—Es que se había tomado como seis cubas libres con el turco.

—Bueno, ¿qué pasó con el Gonzalo?

—Ah, lo del Gonzalo. Me vio desde la barra cuando llegué y me llamó. Me estuvo dando la lata como media hora. Me contó que conoció a un gitano en la calle, según él que estaba medio borracho.

—¿Y quién lo manda a hablar con huevones borrachos?

—El gitano no. El Gonzalo estaba borracho. Se puso a tomar temprano y se le cruzó un gitano que quería verle la suerte o una huevá así.

—¿Le robó plata?

—No, el gitano tenía plata, pero parece que era maraco. Bueno, cuento corto es que el gitano terminó chupándole la pichula.

—¿Al Gonzalo?

—Él mismo me contó. Está terrible de preocupado. Me pidió que no se lo contara a nadie.

—¿Y por eso se puso a tomar?

—Así parece.

—¿Y por una simple chupada de pico se preocupa tanto?

—Bueno, qué sé yo... Parece que nunca lo había hecho.

—Tremenda huevá. Una vez con la Rucia nos tocó un viejo que no se le paraba y nos llevó para que le hiciéramos un cuadro plástico. La Rucia hacía como que me chupaba las tetas, pero ponía los labios así, como para adentro y el viejo se dio cuenta y se enojó. Este rouge parece que es muy rojo, ¿no te parece?

—Te queda bien, pero no te eches tanto colorete en la cara que pareces puta.

—Que no nos iba a aguantar que lo estafáramos, él pagaba por algo real, nos dijo, así que me pidió que le chupara la concha a la Rucia. Le pegué unas pasadas de lengua y el viejo quedó loco de feliz y a mí no me dio nada así que no entiendo por qué el Gonzalo se hace tanto problema.

—Bueno, pero tú eres puta. Son gajes del oficio.

—Pero lo que no te he contado es que la Rucia se me anduvo calentando. Se retorcía de puro gusto la huevona y hasta me agarró el pelo para que no le dejara de chupar el choro. Eso sí que después la agarré a chuchadas por caliente.

—A mí me encanta que me chupen la chucha.

—Pero no cuando estás trabajando. La Rucia tenía que haber simulado. Una finge. Hace como que le gusta. El Juanpi a mí también me la chupa y me deja loca, pero es mi pareja, no me voy a calentar con un cliente y menos con la Rucia tortillera esa.

—¿Sabes qué? Parece que esta noche no voy a poder bailar. En vez de regla esta huevá parece hemorragia.

—Quédate en la barra entonces.

—Es que eso es lo que no me gusta porque me emborracho como piojo.

—Pero se gana plata.

—¿Y el hígado? ¿Tú me vas a donar tu hígado?

—Pero dile al Lucho que te haga tragos falsos.

—Si le digo, pero al rato me dan ganas de tomar uno de verdad y si me tomo uno después no puedo parar.

—Eso se llama alcoholismo.

—Es la única manera de mantenerme despierta. Si no tomo me empiezo a aburrir con las historias que cuentan los clientes. Me pongo pesada y dejan de consumir conmigo. Cuando llegué el Gonzalo me invitó a un tequila.

—O sea que ya probaste un trago.

—Bueno, sí.

—Entonces no le eches la culpa a la regla. Di que tienes ganas de seguir chupando.

—Es fuerte esa huevá de tequila. Con razón en las películas de vaqueros siempre salen esos mejicanos tomando y quedan muertos de borrachos en el suelo.

—¿Qué uva usarán para hacer esa mierda tan fuerte?

—No es uva. Usan una planta, pero parece que aquí no se da.

—Igual me gustó. Me calentó el cuerpo.

—Partiendo por el hocico. Y la huevona hipócrita le echa la culpa a la regla.

116

—Ojalá me diera la menopausia para no tener más la regla.

—Para eso tienes que ser más vieja, no seas ignorante.

—¿Será verdad que si una culea mucho le da antes la menopausa?

—Si es por eso a mí me tendría que haber dado a los quince.

—Hay mujeres que cuando les da se quedan calladas porque a los hombres no les gustan las mujeres con menopausa.

—Deja de andar creyendo todo lo que te dicen, huevona. Además, se dice menopausia, con i.

—Ah, ya. Habló la doctora.

***

GIRATORIO

Héctor Adrián Vera Calderón

Después de tocar nuestra canción favorita, acuesto la guitarra a mis pies con cuidado. Veo que ya está vieja y surcada de cicatrices, como yo. Examino mis manos ahora arrugadas y torpes, mientras a intervalos levanto la vista y me emociono otra vez con este cielo azul. Sentado al borde del lago en Llanquihue, no puedo creer que hayan transcurrido tantos años desde que vi estas aguas por primera vez en nuestro viaje mochilero al sur. Volteo la cabeza para observar nuestra cabaña. El sol aprovecha para jugar con la medalla colgada en mi cuello, y puede reflejar todavía sus destellos en ella a pesar del tiempo vivido desde que me la regalaste. La silueta del indio mapuche bailando ya está casi borrada de la superficie metálica. En la puerta de la casa apareces tú, hermosa como nunca. Con tu cabello gris y tus ojos chiquitos, más chiquitos cada año. Los mismos ojos chiquitos que amo desde hace tres décadas. Tu voz dulce me indica que el pastel de choclo ya pronto estará listo, ese que insistes en aclarar que jamás será tan rico como el de tu mamá.

Te admiro. Desde que te vi lo he hecho. Te veo igual de linda como el primer día. Ya tengo setenta y cinco años y he pasado treinta de ellos contigo. Me avisas que pronto vamos a comer.

Apenas terminas de hablar te digo que me gustas mucho, desde hace muchas vidas. Repites mis palabras al vuelo, imitando ese susurro que me fascina y que has utilizado a tu favor desde que te conocí. Tú también me gustas mucho, flaquito lindo, me dices.

Das la vuelta graciosamente y regresas al interior. Perfecta. Es el adjetivo que mejor te define y que he usado para referirme a ti en todo este tiempo. Quiero correr, alcanzarte y abrazarte por la espalda como tantas veces y hacerte cosquillas, pero a duras penas puedo levantarme venciendo la lumbalgia. Arrastro un poco los pies, recorro esos pocos metros que separan la puerta de la cabaña de la piedra donde me senté con la guitarra, y voy pensando en ti y en lo dichoso que soy contigo.

—¿Te gusta este restaurante, Adrián? Desde aquí se ve todo Santiago. La plataforma es rotativa, por eso se llama así.

—Claro, "El Giratorio"... nombre preciso. Tendrán opciones vegetarianas, supongo.

—Yo creo que sí, o si no, pedimos ensalada. ¿Nunca habías venido, cierto?

—Nunca. Como te dije ayer, es mi primera vez en Chile. Vine para conocerte en persona... tenía que conocerte en persona.

Tu pastel de choclo sigue siendo espectacular. Y luego el postre, que es una exquisitez: kuchen de moras. No sé por qué no has logrado hacerme engordar después de tantos años de manjares adictivos. Terminamos de comer y sonriendo de nuevo me dices que envidias mi capacidad de no subir de peso. ¿Cómo que no?...

mira esta panza, te digo, mientras abarco con las dos manos mi abdomen y me llamas exagerado. Te ayudo a levantar los platos de la mesa, y te abrazo por detrás junto al fregadero diciéndote que siempre serás la más hermosa de todas las chicas. Suavemente inclinas el cuello y me lo ofreces para que yo irrumpa ahí con total impunidad, causándote los ya consabidos nervios. Estamos canosos, pero jugamos como dos adolescentes.

Al terminar de lavar y secar la vajilla juntos, tal cual lo hemos hecho desde el primer día, me pides que te cante algo, y yo, que muero por impresionarte una y mil veces —y a pesar de que mi voz ya no es la misma —, intento complacerte y ataco aquella canción a la que nunca podías adivinarle el título. Hoy me vuelves a decir el nombre equivocado al reconocer los primeros acordes, pero sé que lo haces en broma y por eso reímos juntos en el sofá. Te veo alegre y me derrito de amor por ti. Nada, nunca, ha podido superar la dicha de verte contenta, y me vuelvo un payaso cada día con tal de escuchar esa carcajada hermosa e hipnótica. Tu voz de sirena me atrae y desarma desde que la escuché, y supe que sería su esclavo de ese momento en adelante.

—¿Y qué te ha parecido mi ciudad?

—Moderna, ordenada. A diferencia de Lima, no escucho bocinas de autos. Si supieras... allá es un caos. El paisaje de acá me gusta mucho, sobre todo la cordillera que se ve nevada desde cualquier lugar de Santiago.

—A mí en cambio me gustaría vivir cerca al mar. Me encanta la playa.

—Entonces tienes que ir a Lima. Te mostraré Miraflores, su malecón, el centro histórico... mi casa de niño, mi colegio, mi parque, el barrio donde crecí.

Acostados en el sofá, intento soplarte la barriga. Ríes otra vez asomando tus dientes preciosos, y en medio de tu desesperación ruegas que me detenga. Con la respiración entrecortada y las lágrimas por tanta risa, me recriminas el haberte dejado el cabello revuelto. Sabes que eso no me importa; me encantas aunque estés chascona. No interesa el peinado, te veo feliz y eso es suficiente para mí. Mientras hojeamos nuestro álbum de fotos, rememoramos todos aquellos lugares donde dejamos nuestras huellas y besos. Señalas la foto del funicular de Valparaíso y estallas en carcajadas al recordar las travesuras locas que hicimos en el vagón, que por suerte nos tocó vacío. "El funicular del amor" lo bautizamos aquella vez. Me levanto con dificultad y te aviso que me esperes un momento. Voy a nuestra pieza y tras cerrar la puerta, acomodo la sorpresa que te tengo preparada. Regreso al lugar donde me esperas hermosa y sigues revisando fotografías, tomo tu mano y te llevo a la habitación, con pasos lerdos, pidiendo que cierres los ojitos y los abras en el momento que yo te indique. Juntos, bajo el umbral de la puerta te doy la señal... y tu mirada encuentra sobre el colchón las tres letras formadas con pétalos de rosas: TQM. Me abrazas llena de amor y ternura, musitando cerca de mi oído con voz gatuna "Yo también te quiero mucho". Completas tu agradecimiento diciéndome que te sientes muy afortunada, y que te gusta que sea tan cariñoso contigo, como si siempre fuéramos novios.

—Así que sabes cocinar...

—Me defiendo, no lo niego. ¿Te gusta la comida peruana?

—Me encanta.

—Entonces te voy a enseñar a preparar causa limeña, locro, papa a la huancaína, lomo saltado, ají de gallina... pero con soya en vez de carne.

—¡Ya! Me anoto para tus clases.

Vemos por enésima vez "Propuesta en año bisiesto" acostados en la cama. Me vuelves a decir (siempre me lo dices cuando vemos esa película) que el protagonista se parece a mí, con la barbita incluida, alto y flaco, desfachatado, libre, tan sarcástico. Sobre nosotros, en la pared, cuelga la acuarela que te regalé y que pinté siendo un veinteañero pero que mantuve guardada un cuarto de siglo para dárselo a la mujer de mi vida cuando la encontrara. Conforme avanza el film, sigues encontrando similitudes entre esa pareja y nosotros, pero yo estoy ensimismado en inventar más formas de adorarte, y estiro mi brazo arriba de tu cabeza para echar los pétalos del TQM sobre ti, en una lluvia de flores. Te digo que así debería tratarte la naturaleza, como a una diosa, y alabarte a diario. Advierto que no terminaremos de ver la película, primero porque la sabemos de memoria, y segundo porque ya rozo tus pies con los míos, y el contacto de nuestra piel desencadena lo que ya sabemos, así que apagas la tele, te pegas a mí y con la mirada y tus labios me indicas que deseas lo mismo que yo. Quieres apagar también la luz, según tú para que no vea tus rollitos, y te arrodillas sobre el colchón para alcanzar el interruptor, pero de ahí mismo te jalo hacia mí, mordisqueo esos deliciosos rollos un rato y te atraigo de nuevo hacia la cama, beso cada uno de tus lunares, para proceder a quitar lentamente tu ropa.

—Si quieres, mañana vamos a las afueras de Santiago, al Cajón del Maipo.

—Sí, claro que quiero. Haríamos un picnic.

—¿Sabes? De niña amaba trepar árboles... creo que hasta ahora. Adoro el campo. Crecí allá, aunque me vine a la ciudad al ingresar a la universidad. Te podría decir que soy mitad ciudad y mitad campo.

—Yo en cambio, viví rodeado del cemento en Lima, pero me atrae mucho la naturaleza.

—Escucha al pianista, Adrián. En pocos minutos vamos a pasar junto a él, aprovechando la vuelta de la plataforma. ¿No es genial?

—"El Giratorio"... no podías haber escogido mejor lugar. Te luciste.

Después de hacer el amor sobre los pétalos que quedaron en la cama, te acurrucas en mi pecho y quedas dormida plácidamente mientras hago caricias en tu cabello. En algún momento ruedas sobre ti misma enrollándote en la frazada y me dejas sin cobija, pero no me importa. Ese suave ronroneo que emites mientras sueñas —espero que con los angelitos, como solemos decirnos al acostarnos— me arrulla a mí también y a los pocos minutos dormito a tu lado. De rato en rato estiro el brazo solo para tocarte y verificar que estás ahí conmigo todavía. Das vuelta hacia mí, te das cuenta que estoy destapado e intentas enmendar aquello, arropándome, pero antes besas mi brazo derecho, el del tatuaje con los tres colibríes que simbolizan a nuestros tres hijos bellos, trilogía de seres maravillosos que resumen a la perfección nuestro idilio eterno. Como en una dimensión surrealista, entre el sueño y la vigilia, te murmuro muy bajito que mañana te engreiré con la mazamorra morada que tanto te gusta, y por toda respuesta veo la sonrisa dibujarse en tu carita cachetona. Finalmente no duermo, me quedo viéndote por horas, sin poder asimilar lo bienaventurado que soy porque me escogiste a mí de entre tantos hombres. El único deseo que pido todos los días es poder disfrutarte cien años más.

—¿En qué piensas? Te quedaste callado y casi no has tocado tu ensalada.

—¿Ah? Nada, tonterías mías. Divagaba un poco acerca del futuro.

—Yo creo que te estás arrepintiendo de haber venido a Chile a conocerme. No te he gustado, ¿verdad?

MADAME ZOROVSKA

Viviana Hernández Alfoso

I

La costumbre de invitar "gente interesante" surgió gracias a que una vez el abuelo Tomás trajo a la casa de campo a un conocido escritor que resultó un personaje divertido. Se propuso que en cada reunión de Pascua tuviéramos invitados. Durante el verano nos divertíamos entre la multitud de tíos y primos que se congregaban en la casona pero durante las festividades de Pascua, las inveteradas lluvias asolaban la región año tras año y la casa, aquel laberinto de pasillos y cuartos, se convertía en una jaula de bestezuelas hastiadas. Pero no siempre los invitados eran interesantes ni divertidos. Un año alguien invitó a una reconocida pintora a la que la lluvia deprimió lo indecible y tuvimos que organizar grupos de búsqueda porque se escapaba de la casa con alguna botella de whisky o vodka y se quedaba dormida en cualquier lugar; mamá tenía miedo que se ahogara en el barro. Otra vez vino un mago francés pero a la segunda función se quedó sin trucos.

La vez que quiero contarles fue cuando mi prima Lucila, la mayor de los nueve primos, invitó a Madame Zorovska quien había ganado cierta reputación como vidente gracias a las cartas de Tarot marsellés. Las malas lenguas decían que había sido la amante de un ruso exiliado del que había tomado el apellido y el acento, que era más francesa que la baguette y que, aunque muy astuta, era un fraude como adivina. Pero Lucila, su acérrima defensora, decía que con ella había acertado en todo, que era una persona muy divertida y que la criticaban porque era una de las mujeres más hermosas de Europa. Debo reconocer que Lucila estuvo bastante acertada en su defensa. Madame Zorovska, quien nos pidió que la llamáramos Vasilisa o simplemente Lisa, era magnífica.

A mis diecisiete años, aquella mujer que se acercaba a los cuarenta, era la materialización de la Afrodita que mi mente había creado: tal vez fueran sus ojos azules o la abundante cabellera rojiza o aquel cuerpo invadido de curvas gloriosas que la destacaban entre el puñado de mujeres que poblaban mi mundo familiar, mujeres demasiado altas y demasiado flacas, de cabellera negra que solían llevar corta o recogida por practicidad, mujeres fibrosas dadas a las canchas de tenis y a la equitación. Verla llegar con su ropa colorida, sus labios pintados de rojo y su piel blanca, negada al sol, fue un contraste que golpeó mis sentidos. Desde ese momento me consideré subyugado, hechizado, rendido y enamorado de Madame Zorovska.

Lucila se rió de mí y dijo que Vasilisa me había dejado pasmado. La broma cundió en la familia por lo que tuve que huir y poner cierta distancia para dejar de ser el blanco de las bromas. Con la excusa de observar los pájaros y tratar de atrapar insectos salía por la mañana, a pesar de la llovizna, y buscaba algún sitio desde dónde observar a Vasilisa con mis binoculares. Pero aquella ocupación era demasiado frustrante y opté por aguantar las bromas pero verla de cerca.

¿Qué era lo que más me atraía de ella? En aquel momento no hubiera podido decidirme. Su voz levemente grave o su forma de mirar directa, sus enfáticas caderas o sus exaltados pechos, su piel besada por delicadas pecas o sus manos delgadas rematadas en uñas en forma de almendras. Cada vez que estaba cerca de ella mi mente quedaba en blanco, se me secaba la boca y el corazón me latía en las orejas. Pero lo peor era que la tensión en la ingle se volvía incontrolable y visible y me acostumbré a ir por la casa con un gran libro sobre entomología para cubrirme.

Una noche, mientras cenábamos, Madame Zorovska dijo que yo era el único al que no le había realizado una lectura de cartas y, antes que alguien pudiera bromear sobre mi posible destino, agregó que esa noche, después del café, lo haría. Quise negarme, pedirle que no se molestara pero Lucila insistió y Madame Zorovska sonrió y zanjó la situación diciendo que no me asustara, que sólo me diría lo bueno.

Para sus lecturas, mamá le había preparado una pequeña salita que había sido el recibidor de mi bisabuela y a la que llamábamos la sala china por la cantidad de porcelanas y juegos de té que se habían amontonado en varias vitrinas. Había también una mesa redonda con un paño rojo y dos sillas en el lugar que antes ocupaba una mesa baja y rectangular. La única iluminación provenía de una lámpara de techo de alabastro que despedía una cálida luz ambarina.

Recuerdo que entramos del brazo. Ella había enlazado su brazo en el mío con la excusa de que no quería que me escapara y me había arrastrado hacia dentro. Mi turbación llegó hasta el punto de nublarme los ojos pues, con la cercanía, rozaba su pecho izquierdo.

Las cartas del Tarot nos esperaban sobre el paño rojo. Me pidió que las tomara y las mezclara como más me gustara. Mis dedos se entumecieron y desparramé las cartas sobre la mesa. Madame Zorovska sonrió y me pidió que las recogiera y que teniéndolas bien cogidas, pensara en una pregunta, en sólo una, y que me concentrara en esa pregunta con todas mis fuerzas. La pregunta era obvia. Tras unos segundos me dijo que dejara las cartas en una pila en el centro de la mesa y que, con la mano izquierda, diera vuelta la primera de ellas. Obedecí.

—Tu pregunta ha encontrado una respuesta favorable —dijo señalando la carta.

No sé qué carta era. Mis ojos estaban fijos en ella, en su boca, en su cuello y en los huesos que flanqueaban el pequeño hueco en la base de su garganta, en la arruga profunda que los dos pechos dibujaban y los pezones que empujaban débilmente la tela del vestido.

Ella tomó las cartas, las mezcló y me dijo que cortara y tomara tres. Lo hice en forma automática, pensando en cómo su pecho se alzaba y bajaba con cada inspiración, en la redondez perfecta de cada uno de los senos. Veía sus manos cruzar por sobre el tapete, acomodando las cartas.

—Yo seré tu primera mujer y tú serás mi último hombre —dijo, con voz de sibila.

Nos quedamos mirándonos unos segundos. Si ella esperaba que dijera algo, lamenté decepcionarla: a esa edad yo era un palurdo y las palabras se me negaban. Ella se apuró a recoger las cartas, sopló sobre ellas y las dejó sobre el centro del tapete. Luego, se puso de pie y se hubiera ido si yo no hubiera murmurado:

—Te amo. Mi pregunta...

—No quiero saberla —dijo ella, abrió la puerta y salió.

Yo esquivé a Lucila que estaba del otro lado de la puerta y corrí a mi habitación, a esconderme, a respirar, a dejar que las lágrimas me cayeran por el rostro hasta que me repusiera de mi audacia. Estuve así, sentado y anonadado, hasta que el reloj marcó la una menos cuarto. Entonces, salí de mi habitación, crucé el pasillo y me planté frente a la puerta de Vasilisa. Acaricié la puerta con la yema de mis dedos y la puerta cedió. La oscuridad era tenue. Por la ventana entraba algo de la claridad de uno de los faroles del jardín que interrumpía la noche.

Me acerqué a la cama y la contemplé. Así, abandonada al sueño era aún más bella.

Comencé a desvestirme, sin apuro, sin dejar de admirar sus pestañas, sus labios, la curvatura de las cejas, el brazo que asomaba, el cuello levemente torcido sobre la almohada. Descorrí con cuidado las sábanas. Me incliné y besé su hombro, aspiré el embriagador aroma de su axila y busqué la carnosa tersura del pecho.

—Te estaba esperando pero me dormí —dijo en un susurro, sin moverse.

Quise suponer que aquella frase era para mí: las cartas lo habían dicho. Ella sería mi primera mujer y todas las lecturas eróticas se encadenaron en mi cabeza guiándome en un terreno desconocido pero anhelado. Empujé sábanas y mantas a un lado y el frío de la habitación erizó su piel. Me tendí a su lado. Recorrí las curvas de Vasilisa desde debajo del seno hasta el muslo y subí hasta el vientre, entreteniéndome en dibujar la redonda cicatriz del ombligo. Besé su cuello y la escuché gemir, un gemido leve con forma de suspiro y supe que iba en el camino correcto. Ella se acomodó boca arriba pero no abrió los ojos y me permitió acariciar, observar, besar y lamer su cuerpo. Cuando mordí su vientre con ternura, ella empujó mi cabeza entre sus piernas. Alzó la cadera y coloque mis manos sobre sus nalgas carnosas para sostenerla mientras le cubría la parte interna de los muslos de besos. La escuché reír gratamente sorprendida. Y gimió de placer cuando mi lengua inexperta trató de hallar ese punto del que tanto había leído y que era como encontrar el Santo Grial en las mujeres.

—Para ser un niño, eres mejor que muchos hombres —dijo después de un largo suspiro y consideré que esa era mi invitación a unirme a ella, a entrar en aquel húmedo secreto.

La sensación de la carne entre la carne, de la cálida caricia, del beso dado un instante antes de que la liberación llegara y me convirtiera en hombre quedó marcada a fuego en mi memoria. Fue como si además de la unión física, algo intangible hubiera brotado de mi interior y se hubiera trenzado, inseparablemente, con una parte de ella.

Las horas del día y la convivencia con mi familia se me antojaron una refinada y perezosa tortura que se compensaba con la noche, cuando Vasilisa continuaba mi educación sexual. Pero no era solamente sexo sino que había en cada encuentro un derroche de ternura y abrumadora complicidad que me hizo suponer el fantasma del amor. Di por descontado que ella me amaba. No era tan ingenuo para suponer que ella lo hacía con la loca intensidad casi demoníaca que yo sentía pero al menos con el tibio inicio de una posibilidad creciente.

Durante esas noches puse rostro y piel a cada palabra que había leído. Y mis horas se dividían entre el anhelo y la concreción del mismo. Pero todo llega a su fin y Madame Zorovska debía irse a Montevideo a comenzar su gira que terminaría en New York en septiembre. Aquel último día la pasé esquivando a mi familia y vagando por un jardín encharcado y trazando un plan para no separarnos más que unos pocos meses, apenas lo necesario para que lograra cumplir mis dieciocho años, entrar en posesión del fideicomiso que mi abuela había dejado para mis estudios y viajar a buscarla en dónde estuviera. De ahí en más, veríamos qué nos deparaba el destino. Suponía que mi familia pondría el grito en el cielo pero las aguas se aquietarían con el tiempo.

Regresé a la casa por detrás del garaje, dando un gran rodeo que terminaba en el galpón que uno de mis tíos había adaptado como estudio fotográfico (ninguna de las mujeres quería tener químicos inflamables dentro de la casa y menos con los chicos sueltos y descontrolados). Del galpón a la casa nos separaba un par de metros de barro y una vereda estrecha de lajas resbaladizas.

Nunca me explicaré por qué miré por la ventana que daba a la pequeña habitación que el tío Jaime había dispuesto como escritorio y en el que a veces se echaba una siesta, alejado del asolador ruido de los más chicos de la familia. En mis diecisiete años, sólo había entrado dos veces al galpón y no me sentía especialmente cercano al tío Jaime. Aún así, aquella mañana no pude evitar mirar dentro.

Aquella piel blanca, reluciente en la penumbra biliosa que dejaba un foco solitario, recostada boca abajo en una chaise longue de pana verde, me dejó clavado al piso con los ojos alucinados de quien observa algo que va más allá de su comprensión. El cuerpo desnudo y extendido, la cabellera suelta y las manos atadas con gruesas cuerdas de algodón. Mi primer pensamiento fue que Vasilisa necesitaba ayuda y cuando estaba entre gritar pidiendo socorro y rescatarla por mi cuenta, Jaime llegó desnudo con un almohadón en la mano.

—Es lo único que encontré —dijo y colocándolo bajo el vientre de Vasilisa, le acomodó las piernas para que la gloriosa grupa quedara más elevada.

Con un rápido movimiento pasó una de las piernas del otro lado de la chaise longue y mientras apoyaba una mano en la cadera de la mujer, con la otra guiaba su miembro erecto. Lo vi arquearse hacia atrás satisfecho de la penetración.

— Y ahora por el culo —dijo Jaime sacando el miembro y guiándolo hacia el orifico anal.

—Con fuerza —jadeó ella y sacudió la cabeza.

Al correrse el cabello pude ver que tenía los ojos cerrados y una mordaza le colgaba del cuello. Jaime no se hizo repetir la orden y acometió con tanta fuerza que la vieja chaise longue crujió.

—Más, más... No te detengas.

—Me acabo.

—No... Aguanta, aguanta.

El procaz diálogo se me adhirió a mis incrédulos oídos como garrapatas. Presencié con asco como ambos llegaban al orgasmo, como los rostros se contraían por un instante antes de licuarse en inexpresivas máscaras sudorosas.

Corrí alejándome y entré a la casa como un loco, enceguecido por las lágrimas y la rabia. Escuché a mamá reprocharme haber llenado todo de barro mientras subía hasta mi habitación y creo que también a Lucila que me preguntaba si había visto a Vasilisa. Me encerré y no salí hasta el día siguiente cuando Madame Zorovska había partido rumbo a Montevideo y de ahí al mundo. Me quedé con el corazón destrozado, esquivando a mi familia y especialmente al tío Jaime.

II

Hubo muchas mujeres en mi vida.

Y todas ellas se parecieron a Vasilisa en alguna que otra medida. Muchas fueron pelirrojas; otras, con ojos de nítido azul. Algunas se parecían a ella en una forma general y otras tenían rasgos idénticos. Con todas ellas fui un amante amable pero distraído y las dejé apenas pude, casi hastiado de las presencias que no eran la de la mujer que realmente ansiaba.

Cuando murió el abuelo, mi madre decidió conservar la casona un tiempo más para que la siguiente generación pudiera disfrutarla como habíamos hecho nosotros. Ese día me pidió que sentara cabeza, que encontrara una buena mujer y tuviera hijos. Creo que mi madre presentía que su tiempo se terminaba. Entonces, me casé con Elvira, no porque la amara especialmente sino porque era la más parecida a Vasilisa que había encontrado en mis idas y venidas y, para más inri, también tenía aquella loca fijación con las cartas de Tarot.

Pero a los tres años de casado le fui infiel por primera vez.

Habíamos ido a una despedida de soltero de un compañero de oficina. Terminamos en un cabaret en los límites de la ciudad. Una de las cantantes se parecía a Vasilisa como dos gotas de agua. Tal vez fue el alcohol o el lugar o el aburrimiento que me ahogaba en casa pero la llevé a un sitio apartado famoso por los encuentros furtivos y la dejé que me bajara la cremallera y buscara con su boca. Le pedí que no hablara, que no dijera ni una palabra, que no me mirara. La dejé hacer mientras admiraba su cabellera rojiza subir y bajar con ganas.

Luego, hubo muchas otras infidelidades.

III

Vendíamos la casona y por eso decidimos reunirnos una vez más, como despedida. Sólo quedábamos los primos y la tía Isabel.

Elvira encontró la mesita con el tapete rojo e insistió en hacer una tirada de Tarot.

—Pero esto ya ocurrió antes, en otro tiempo, hace veinte años atrás —dijo Lucila—. Se llamaba Madame Zorovska.

—Vasilisa Zorovska —dije desde mi sillón junto a la ventana.

—¡Es cierto! Y estabas locamente enamorado de ella —dijo mi prima, riéndose—. Era muy linda pero un poco extraña... ¡Bah! No me acuerdo mucho de su cara. Creo que era pecosa, ¿no? Como Elvira.

—No, no tenía pecas —dije—. La verdad es que no me acuerdo mucho. ¿No era bajita, flacucha y con la boca siempre pintada de rojo?

—No, querido, era una de esas mujeres bien dotadas por la naturaleza aunque creo que es cierto lo de la boca. ¿Qué fue de ella?

—Ni idea.

—Voy a averiguar —dijo Lucila.

—¿Para qué?

—Porque sí... Ahora debe tener como sesenta años.

Llevarle la contra a Lucila era contraproducente así que me limité a encogerme de hombros y abrir el periódico. Bien podría haber estado en chino porque no comprendí una palabra de lo que leí. De pronto, volvía a sentirme un chico de diecisiete años aterrorizado por la vida. Pero por suerte Lucila no logró encontrar mucho. La fama de Madame Zorovska la había llevado a Europa y después de ahí, la neblina del olvido la había devorado. Quise creer que estaba muerta y enterrada en algún cementerio ignoto bajo su nombre real, un nombre que no era ruso, tal vez francés o español. Me dije a mí mismo que tal vez se hubiera casado con un hombre pequeño y desagradable y que había conocido el desamor. Mil y un destinos oscuros y terribles tejió mi imaginación sólo para sentirme mejor conmigo mismo.

Siete años pasaron de aquella conversación con Lucila cuando me encontré solo paseando por París. Elvira había muerto el año anterior y yo me había dedicado a nuestros hijos y a mi trabajo. Aquellas cortas vacaciones eran como un desahogo de la rutina.

Fue caminando sin rumbo cuando di con el anuncio pegado en un tablón de una patisserie a la que había entrado por un café y un par de macarrons. Madame Zorovska, vidente, Tarot marsellés, un teléfono y una dirección. Pregunté a la dependienta si aquella dirección estaba cerca: a escasos cuatrocientos metros me señaló.

Apuré el paso pero a menos de doscientos metros de mi destino me detuve. Tenía miedo de verla. Que no me recordara me lastimaría aún más. Sin embargo, seguí caminando. ¿Acaso no había vivido toda mi vida para aquel encuentro?

La portera del viejo edificio me hizo pasar. Era un lugar funesto, húmedo y sucio. Tuve que subir tres pisos mareado por el olor a pis de gato, puchero y mugre. Escuché los gritos de una mujer y el llanto de un niño. El apartamento de Madame Zorovska, la adivina como la había llamado la portera, era el 3B. Llamé a la puerta y esperé.

Vasilisa abrió la puerta.

Era y no era la misma mujer de casi treinta años atrás. Aún había belleza en ella: en sus ojos azules un tanto cegatones, en su mermada cabellera aún rojiza gracias a las tinturas, en su piel blanca pero más pecosa y con una red de arrugas. Aún había orgullo en ella: en su cabeza alzada y en su postura erguida. Aún había seducción en ella: en las formas apretadas bajo un kimono de seda rojo y verde, en sus ampulosas caderas que habían crecido con la edad y en los pechos pesados y redondos que caían libres de ataduras. Pero su boca era dura, sin gracia en aquella mañana sin rouge.

Dijo mi nombre con incredulidad. Me invitó a pasar a aquel cuchitril donde se amontonaban libros viejos, revistas de cine, una ingente colección de bibelots, vasos plásticos sobre un mantel de hule, cortinajes rojos de terciopelo apolillado y una mesa cubierta con las cartas de Tarot sobre ella. La puerta del dormitorio estaba abierta y se veía una de esas camas de bronce mal lustrado, revuelta, y a sus pies un baúl antiguo medio desconchado sobre el que descansaban un par de muñecas sucias.

Siguiendo mis ojos, dijo:

—Tuve una hija. Murió a los cinco años.

—¿Quién era el padre?

—Eso no importa. Yo fui su madre.

140

Me ofreció una silla y café. Acepté. La observé moverse por la cochambrosa cocina. Le temblaban las manos. Nos sentamos en silencio uno frente al otro sin animarnos a hablar, a contarnos lo terrible y lo maravilloso que nos pudiera haber pasado. Por un instante, menos de lo que tardó el azúcar en disolverse en mi café, me imagine a mí mismo llevándola a la cama, desnudándola y acariciándola como tantas veces había imaginado. Ella debió leer mis pensamientos porque se puso en pie y dejó caer la bata. Bajo una impiadosa luz que la golpeaba resaltando cada imperfección de un cuerpo envejecido y mordiéndose los labios para no hablar o no gritar bajo mi mirada, volví a tener diecisiete años y a sentir el impulso feroz en mi entrepierna.

La abracé y mientras besaba su cuello que olía a jabón barato, mis manos se saciaron de sus formas: aquellas ancas carnosas de yegua en celo, la grasa que se había acumulado en su cintura y aquellos senos que caían como grávidos globos de agua. Deslicé el pulgar de mi mano derecha por la aureola rosada y la escuché gemir en mi oído. Pellizqué el pezón erecto antes de besarlo y recordar cómo crecía bajo el influjo de mi lengua. Mis dedos atravesaron el matorral rojizo de su pubis y ahora ya experto, encontré el botón carnoso que la hizo estremecer.

—Vamos a la cama —susurré a su oído.

Corrimos a la otra habitación, esquivando trastos y ella se tiró a la cama como una jovencita ansiosa. Mientras me desvestía y observaba sus formas, le propuse un juego erótico, una fantasía que me había perseguido desde siempre. Ella aceptó sonriendo y bromeando, retorciéndose seductoramente como lo había hecho antes, casi treinta años atrás en la casona de campo. Tomé dos foulards de seda que colgaban de ganchos en la pared y le até las manos a los barrotes. La amordacé con otro y colocándole un almohadón bajo el vientre, le alcé la cadera. Observé aquel círculo tembloroso de carne por unos segundos y apoyé mi mano sobre una de las blancas nalgas como había visto hacer a otro y, al igual que otro, repetí escena y diálogo.

Asintió con la cabeza y alzó más la grupa. ¿Qué hubiera hecho si se hubiera negado? Pero, tenía la íntima convicción de que no lo haría. Aquello era lo que ansiaba, lo que más le gustaba, su morbo y mi obsesión.

Me deslicé dentro de ella con una facilidad asombrosa. Y como si volviera a tener diecisiete años, mi cuerpo se llenó de un vigor adolescente y aferrándole la cadera con ambas manos, clavando mis dedos en su carne ajada, martillé una y otra y otra vez hasta que me rechinaron los dientes, hasta que el sudor me bañó chorreándome por las axilas de la fuerza con que partía aquella anca deseosa. Ella jadeaba como podía con la mordaza. La cama se sacudía y bramaba como si fuera a desarmarse. Seguí tratando de no derramarme; quería que durara lo más posible. Pensé en la cantidad de mujeres en las que había buscado a esa mujer, incluso en aquel travesti de cabaret al que había metido en mi automóvil porque era como ella. Pensé en la joven secretaria que, tras la muerte de Elvira, me cercaba día a día para convertirse en mi amante pero que yo rechazaba porque no era como Vasilisa, porque no se parecía al fantasma que colonizaba mi cabeza. Y ahora, en aquellos instantes en los que al fin la poseía, el sobrehumano placer de poseerla, aún vieja y ajada, aún decrépita y prostituida, me llevaba a un orgasmo que amenazaba con quitarme todas mis fuerzas, a dejarme reducido a un estropajo.

Hubiera sido feliz de poder arrancar de ella todo el placer que había buscado con aquel cuerpo demasiado ardiente que fue incapaz de contentarse con el amor puro que un muchachito hubiera puesto a sus pies. Me detuve para no irme. Me detuve para ver cómo ella se aferraba a los barrotes. Me detuve para ver un espasmo de sollozo que la sacudía.

—¿Te duele? ¿Quieres que me detenga? —pregunté. Y lo hubiera hecho porque aún guardaba en mí un poco de amor por ella, un poco de ternura infantil hacia la que había sido mi primera mujer.

Ella negó con la cabeza. Volví a repetir la pregunta. Ella me dio la misma respuesta. Comprendí su vicio y su degradación. Comprendí que estaba tratando de atraparme como una araña ponzoñosa, sabiendo y recordando que yo sería su último hombre.

—No eres más que una vieja puta —dije—. Y así era como te gustaba hacerlo con mi tío y tal vez un centenar más de hombres, ¿verdad?

Volví con el vigor renovado por el odio, por la rabia, por el saberme un idiota al haberme enamorado de una mujer como aquella. Sentí que me adentraba tanto en ella que temí no encontrar la forma de salir, de ser devorado. Escuché su carne y mi carne golpear una contra otra, el sonido de succión y su llanto. Me dejé ir y el orgasmo fue tan liberador que un grito atravesó mis dientes apretados, un grito de berserker, un grito de liberación.

Pero el ritual aún no estaba completo. Para exorcizarme de Madame Zorovska me faltaba algo más. Me tendí sobre ella, apretándola con mi peso y susurré a su oído todo lo que hubiera hecho e hice por ella: los planes que había trazado aquella mañana lluviosa cuando tenía diecisiete años, las mujeres en las que la había buscado, la frustración de ver que con quien había yacido no era ella, el desamor que le había entregado a la buena de Elvira porque nunca había logrado ser Vasilisa y el horror de encontrarla convertida en un despojo.

Salí de la cama pero no la desaté. Entré al cuarto de baño y me di una larga ducha para sacarme su olor, para purificarme de ella. Me vestí y antes de irme, le desaté las manos. Ella ni siquiera se movió, no dijo ni una palabra. Ya no importaba.

IV

A los dos meses de mi regreso de París, en una de esas esporádicas reuniones familiares, mi prima Lucila me comentó que Madame Zorovska se había suicidado con barbitúricos en París. Me dijo que si la hubiera buscado en mi último viaje tal vez la hubiera encontrado y el desenlace de la historia hubiera sido diferente.

—No lo creo —dije—. Tal vez ni siquiera me hubiera recordado.

Al día siguiente, invité a la joven secretaria a cenar. Ella aceptó. Una morenita preciosa, de ojos almendrados y piel trigueña que en este momento duerme a mi lado.

APORTES A LA TEORÍA DEL TAXÓN EUCARIA

LA ADAPTACIÓN DEL AMOR

María Sofía Abarca

Al Dominio Eucarya,
al orden apoidea
y al reino plantae.

"No es la más fuerte de las especies la que sobrevive,
tampoco es la más inteligente.
Es aquella que se adapta mejor al cambio".

Charles Darwin
"El origen de las especies"

EL SEGUNDO ORIGEN DE LAS ESPECIES

Su sociedad se acostumbró por muchos siglos a vivir en una gran comunidad perfectamente organizada: eran el pilar de la evolución en la distribución de oficios y, aunque trabajaban día y noche, su naturaleza estaba maravillosamente sincronizada con el rigor del amanecer y del ocaso. Sin embargo, ocurrió algo que rompió el ciclo natural; la vida se vio obligada a abrir nuevos cursos y, gracias a ello, a disponer nuevamente de su capacidad adaptativa y metamórfica.

Apis, la única obrera macho que había nacido en su colonia, no recordaba mucho de su etapa larvaria antes de que surgieran sus extremidades, tampoco recordaba su panal y las extensas jornadas de recolección disfrazada de trabajadora de medio tiempo. No recordaba mucho, pero tenía la desacostumbrada extrañeza de que algo le faltaba, sentía que él no había nacido para estar solo y que su protocerebro estaba atento a las vibraciones lejanas que alguna vez habitaron su corbícula. Recordaba que solo la reina, su madre, podía reproducirse y que, en algún momento, tuvo un centenar de hermanos. No recordaba haberse enamorado: el amor no formaba parte de su ciclo de vida. Las abejas obreras ni siquiera tenían sistema reproductor, sin embargo, eran capaces de poner huevos...infértiles.

Apis se sirvió un poco de miel mientras miraba su habitáculo de cuadros móviles. Su probóscide succionaba el fluido tan querido, que le recordaba las flores naturales: algo en su mente alcanzó recuerdos fuera del ciclo de vida predeterminado. La escasa memoria evocaba a sus compañeros, que una vez le habían dicho que el sabor de la miel cambiaba al combinarla con una sustancia llamada vino, que se fabricó en otro tiempo. Apis no tenía ningún tipo de alcohol en su precario hogar ni tampoco quería pervertir el sabor dulce y virgen de su miel, estímulo que lo invitaba a pensar sobre los papeles que había encontrado en el ático del alza melífera, al lado de un libro prolijamente encuadernado. Del libro se dedicaría después, ya que su atención se centró en ciertos textos individuales. Allí estaban, atados con el pistilo de una flor cuyo aroma no reconocía: un centenar de papeles sepias con cálculos, dibujos, cuadros, flechas y variados caracteres ilegibles a sus tres ocelos. Ahora, estaban en las garras de su tarso, mientras intentaba leerlas. ¿De quién eran aquellos secretos? ¿De un pariente? ¿Antepasados?

—Tu abuelo era un científico, Apis —le había dicho la reina—. Fue el ser más inteligente que conocí, pero murió a los veintiocho días. Tú también morirás, Apis,

¿Cuántos días tienes ya?

Recordaba las palabras de su madre: tan frías, tan calculadas y tan naturalmente ciertas. Sus antepasados lo sabían y, quizás, ellos decidieron guardar esas reliquias amarillentas, escritas en un idioma ignorado. Hurgando entre los restos de polen que se desparramaba entre los papeles, reconoció algo en su lengua. Decía: Aportes a la Teoría del Taxón Eucarya. Siguió leyendo unas líneas desprolijas que explicaban un patrón común en la célula eucariota: su familia apoidea podía extender su edad y evolucionar hasta convertirse en seres vertebrados; caminarían en dos de sus seis patas y conservarían sus dos pares de alas membranosas. Inclusive, existían formas para poder preservarse y no morir a los veintiocho días, un número que se había convertido en una sentencia.

Aunque resignado a cumplir con su ciclo natural, Apis entrevió una luz de locura y buscó entre aquellos signos impropios hasta quedar exhausto. El manuscrito se le pegó a su corbícula y a sus tarsos. Respiró. Tuvo que hacer otro nuevo esfuerzo para despegarse del papel maligno.

Cuando se vio desplomado en el suelo de polen, acercó al azar otro papel y aparecieron algunas líneas que fueron comprendidas: "efemerópteros y hormigas macho". Solo el leer aquel nombre le infundió terror: las hormigas y sus rituales tan sexualmente violentos. Era una suerte que Apis tuviera todos sus ojos y todos sus omatidios luego de que lo atacaran. Era un hecho que habían compartido la misma línea evolutiva, pero algo en el proceso pervirtió el taxón. Seguramente, porque escucharon palabras humanas.

—¿Recuerdas que tu abuelo tenía un amigo que era una hormiga? Fue una de las últimas que trabajó no-blemente. Las que le siguieron aprendieron a hablar una lengua expatria y se comunicaron con los hombres. A partir de allí, todo fue una masacre —le había dicho en alguna oportunidad la reina—. Y no solo las hormigas, otros reinos sucumbieron; tuve que ver morir a millones de mis hijos.

Al parecer, una especie de hormiga también había sido estudiada y formaba parte de los aportes científicos. El común denominador era el escaso tiempo de vida útil, el efímero bostezo en un mundo que nunca conocería.

—Jamás, hijo, escúchame —le había advertido la reina cuando se despidió de él para condenarlo a la soledad de su nuevo hogar— nunca aprendas el idioma de aquellos que llaman humanos. Por algo no nos entendemos. Por algo, la naturaleza nos quiso juntos en el mismo mundo, pero hablando lenguas distintas imposibles de aprender...

CAUSAS DE VARIABILIDAD

Apis había encontrado los "Anexos" a La Teoría del Taxón Eucarya entre los libros heredados y los manuscritos de la teoría. Escrutó a lo lejos, colgada del perchero, la bata que había pertenecido a su abuelo. Se acercó y, abrigado con sus pantuflas, caminó entre el polen, para buscar algo que pudiera darle alguna pista sobre lo que esperaban de él. Por suerte, aquel libro que leía estaba en su lengua madre, pero no le daba ninguna indicación. ¿Debía llevárselos a alguien? ¿Debía ocultarlos? ¿Qué hacer?

Tocó la bata y advirtió algo metálico dentro de uno de los bolsillos. Extrajo aquel insólito mecanismo plateado, con algo que parecía ser una cadenita: una flor de loto coronaba el centro de un hermoso relicario de corazón. Lo observó detenidamente, nunca había visto algo más brillante que las celdas de miel de su panal, ese terruño al que intentaba recordar con cariño.

Su somnolencia colmada de recuerdos fue interrumpida por un olor ajeno. Alguien se acercaba y estaba del otro lado del mimbrado de las paredes. Su omatidio se activó y puso en alerta su cuerpo artrópodo. Guardó el relicario, colgó la bata nuevamente en el perchero y se alejó, silencioso, de la abertura que daba al exterior.

Desde la grieta del habitáculo se asomó una cabeza misteriosa.

—¡¿Qué eres?! —alcanzó a gritar mientras retrocedía sobre sus pasos hacia una de las paredes.

El bulto esbelto comenzó a tomar forma cuando pasó su cuerpo por el pequeño agujero: dos brazos, dos piernas, un torso, abdomen, espalda. Unos ojos verdes.

¡Un humano!

—¡Aléjate!

Aquel invitado no esperado sonrió. Tenía una copa cubierta de polen sobre la cabeza que le hacía sombra sobre el rostro y apoyaba su caminar en una rama que reconoció como propia de la familia de las Rosáceas.

—¿Cómo entraste? ¿Qué quieres?

Con mucha naturalidad, el viajero se sacó la copa de la cabeza y la colocó sobre su bastón, que apoyó en la pared. El rostro que portaba era inusual, parecía una máscara. Con la misma naturalidad que entró, el inesperado invitado le extendió la mano para que Apis se levantara. Aquella anatomía, recubierta por una tela blanca le inspiró desconfianza y no la recibió. El otro, le insistió una vez más con un ademán pero no hubo respuesta. Así que se agachó, con disimulo, y se acercó gateando hasta quedar casi a la altura de los órganos pilosos que recubrían sus ojos de abeja evolucionada. Apis no podía escapar.

¡Con qué facilidad entró a su colmena, a su casa tan humilde y tan llena de polen! Sin embargo al tenerlo sobre sí, el olor cambió: se volvió familiar, se volvió dulce. Un fuerte olor a flores despertó instintos dormidos. Apis se relamió, en una excitante confusión y abrió sus cinco ojos para verlo mejor.

El visitante, volvió la vista a los papeles plagados de signos que cubrían el suelo e intentó una presentación, ante la mirada extasiada de su mudo anfitrión.

—Tu nombre es Apis y eres una abeja. Adivina qué soy —sonrió.

Empezaron los juegos de preguntas cuando el hambre se apoderó de él y, con la fuerza que le había otorgado una columna vertebrada y una evolución explicada solo en esos manuscritos que no podía leer, agarró a la extraña criatura, la tiró al piso y la bloqueó con sus tres pares de patas, apretándola contra su cuerpo inexplicablemente hambriento. Su probóscide, acarició el rostro y el torso de aquel cuerpo delicioso, hilos de saliva querían disolver un azúcar invisible. Su lengua viscosa, flexible, pelosa y acanalada recorrió desvergonzada al desdichado invitado. Su maxilar se abrió dejando a la vista una mandíbula de dientes adaptados y se abrazaron, quizás en un intento por separarse. El desconocido también tenía fuerza y, luego de rodearlo fuertemente con algo que parecían ser brazos, apretó sus músculos de vuelo, de alas olvidadas. Volvió a sonreír y largó una juguetona carcajada.

—Qué lindo... —susurró mientras la probóscide se abría camino en su cuello.

Apis, entre el miedo de la primera impresión y el instinto que se le revelaba indomable, pensó en una Selenopsis Invicta, las agresivas hormigas del Matadero. El terror y el hambre no lo dejaban pensar y quiso dar aviso a los demás, pero recordó que hacía mucho tiempo estaba solo. ¡Una hormiga! Tumbado sobre él, llevó su mano al aguijón.

—Si fuera una hormiga, ya te habría matado —aseguró como si leyera su mente—. ¿Puedes salirte de arriba mío, por favor? ¿Y si nos sentamos y charlamos como dos seres evolucionados que somos?

Apis lo miró con muchísima vergüenza; se disculpó, lo ayudó a ponerse de pie y a quitarse el polvo amarillento y deseado.

—No te preocupes, tengo más polen del que tú crees. No le hará nada a mi abrigo, querido.

La criatura que antaño sonreía se puso de pie y llevó las manos a su propio rostro. Empezó a descascarar la piel blanca, dejando al descubierto sus cloroplastos. La máscara de lo que antes fue piel, cayó destruida ante los ocelos aterrados de Apis. Los ojos verdes, ahora inexistentes y sin córnea alguna exponían débiles pliegues fotosintéticos. De lo que antes era una mano, surgió la yema terminal que le acercó una flor que temblaba. Entre bermellón y dorado asimilaba un pequeño sol con pigmentos que reflejaban la luz ultravioleta.

—Soy un árbol, un almendro y...

El olor dulce de aquella flor transportó a Apis a los viejos almendros que instintivamente recobraron vida en su memoria y quiso polinizarlo, aunque su corta vida de obrera dentro de lo que antes había sido su colmena, lo había hecho olvidar el procedimiento de la polinización entomófila. Perdido en los recuerdos de su protocerebro, la flor quedó suspendida en el aire frente a sus ojos compuestos. El árbol continúo, mostrando orgulloso sus raíces:

—...conozco el lenguaje de los que llamaron humanos —completó.

Ambos se abrazaron con pasión, a ninguno le importaban realmente los humanos. Pero, recordaron tiempos lejanos cuando ambas especies, unidas por un mutualismo perfecto, se alimentaban y se reproducían manteniendo el equilibrio de un ecosistema prolífero e inagotable.

—Sigo siendo el mismo, solo que ahora mis ramas pueden mutar a brazos —le aclaró el almendro.

—Unos hermosos brazos —lo interrumpió acariciándolo y mirándolo con sus cinco ojos. —Yo también soy esa misma abeja, solo que ahora desproporcionadamente grande, en comparación a mi tamaño promedio.

—Sigues teniendo los mismos hermosos ojos —lo halagó mientras agarraba su rostro—. Tus ojos simples y tus ojos compuestos. Siempre me gustaba mirar a tu especie cuando me polinizaba. En...

—¡En primavera! —sonrió Apis.

Entre elogios interespecies, lloraron lágrimas eucariotas, cada uno acorde a lo que le permitía su reino. La abeja no podía apartar los ojos del árbol. ¡No podía dejar de ver sus flores! ¡Hermosas y sensuales flores! Sin embargo, la felicidad dio paso a un vacío que lo perturbaba:

—Tengo poco tiempo de vida. He vivido veinte días en la más completa soledad. Me quedan solo ocho días para estar contigo.

Compensación y economía del crecimiento

Apis cerró los Aportes. Últimamente, solo los ojeaba. Señaló la página como un poco de polen. Tenía entre sus artejos cortos las extremidades robustas y veteadas de su compañero, un almendro de la Subfamilia Amygdaloideae, de nombre Prunus, al que llamaba cariñosamente "Al", por almendro. El árbol había llegado hacia él por el rumor de la última Teoría del Taxón escrita por los efímeros o cachipollas. Apis le reclamaba que estaba equivocado, que la teoría era de las abejas y que su especie la había escrito. El almendro no le discutió.

—¿Qué lees, querido? ¿El libro en el que estaban sueltos los manuscritos? —le preguntó, mientras le servía miel.

La abeja chupó un poco y se desperezó entre las ramas que la abrazaban.

—Son los anexos, pero no los entiendo. Creo que la forma más noble de esperar la muerte es con un libro entre las patas. ¡Qué la ruin muerte me encuentre leyendo!

—¿Por qué eres tan dramático? —preguntó Prunus, al tiempo que le acariciaba los músculos de vuelo.

—Porque me queda poco tiempo y es mi tarea completar esta teoría, de la que no tengo idea. Imaginar que mis antepasados fueron muriendo al escribirla me llena de ira por mi incompetencia, aunque yo no soy un científico. Soy una simple abeja solitaria, sin alas.

—¿Cuándo te arrancaron las alas las hormigas? —se animó a preguntar.

—Cuando mi madre me separó de la colonia. El primer día aquí, las hormigas subieron, me rodearon entre cuatro y me mordisquearon hasta tal punto que mis alas quedaron deshechas. Fue el dolor más grande que experimenté en mi vida. Me dejaron tirado, creo que estuve dos días sorbiendo la miel del piso. Pensé que volverían a matarme.

—Lo lamento mucho —empatizó, mientras extendía sus ramas en señal de sumisión.

—Te reíste la primera vez que me tocaste la musculatura alada y no sentiste nada. ¿Por qué?

—Porque me gustó tocarte —se ronrojó—. Lamento haberme reído; quizás, tu lengua me hacía cosquillas, querido. Me disculpo nuevamente.

Ambos compartieron un silencio incómodo, hasta que el árbol cuestionó:

—Apis... ¿No sabes si te volverán a crecer?

—Claro que no. Moriré sin volver a volar. ¿Y sabes qué? No me importa —volvió a sorber la miel, agresivo.

El almendro trasladó las ramas a sus hombros, pero la abeja lo rechazó.

—Dime para qué has venido, A —expresó en un tono jocoso y torpe—. ¿Para qué puedo servirte en mis últimos días de vida? —su voz salió quebradiza, como lista para romperse. El árbol le extendió una rama con brotes abiertos y se la acercó, sigiloso. Su habilidad para formar flores siempre lo relajaba.

—Hace mil ocho años, cuando nací, te vi.

La abeja no se animó a responder y lo dejó continuar.

—Vi a tu especie. Mi padre fue polinizado por uno de los tuyos. Me pareció el acto de amor más grande, sin embargo, algo sucedió en el proceso de polinización y, luego, en el de fecundación. Puede suceder aunque es extraño que pase en el hábitat natural. De esa fecundación poco exitosa, nació un árbol siamés y yo. La primera vez que la tierra se destruyó, nosotros fuimos los últimos que quedamos de pie. Sobrevivimos gracias a una abeja que nos vino a polinizar. Estaba sola e indefensa, aunque era muy fuerte porque sabía hablar el idioma de los humanos: ella me enseñó. Poco tiempo después, mi hermano se secó, se prendió fuego enfrente de mí y el humo los atrajo. Las llamaradas eran incesantes, pero yo seguía de pie. Es lo último que recuerdo de aquellos años. La abeja me habló sobre La Teoría del Taxón; luego, se la oí mencionar a los hombres y, posteriormente, en el Ágora, el gran mercado negro.

—¿Y vienes a agradecerme? ¿Quieres el libro? ¿Los manuscritos? —reclamó—. ¿Qué puedo darte yo que solo tengo polen y miel? Sí, me dijiste que conocías el lenguaje de los que llamaban humanos, te lo enseñó mi especie. Ahora lo sé.

—Conozco muchos lenguajes.

—Dime la verdad —insistió.

—Vi tu casa a lo lejos, tu panal y volví a sentirme parte de un hábitat. Olvídate de los días que te faltan ¿Sí? Quizás te han mentido, quizás, lo que creías toda tu vida que era verdad, no lo es.

—Te agradezco, Al —concluyó poniéndose de pie—. A ver, dime, ¿qué quieres que haga? Lo haré. Te seguiré si quieres. ¿Qué puedo perder? Me estoy por morir.

Le extendió el libro y los manuscritos, empapados de sudor, sus tarsos temblaban. El árbol lo tomó y lo colocó sobre una especie de estantería, donde yacían los desperdicios de miel que había en las paredes cerosas.

—Ahora yo estoy contigo, Apis.

Al instante, lo abrazó entre sus ramas, que lo rodearon suavemente. Los pedúnculos se abrieron y surgieron mil millones de brotes: el almendro llenó a la abeja de flores.

Apis sintió que tenía alas otra vez.

Dinámica de la reproducción para la supervivencia

Apis cerró su libro y pasó un poco de polen por la hoja leída: le dio la sensación de estar interpretando a una flor. Los cabezales estaban impregnados por el polvillo dorado.

Pensaba en su madre, la reina abeja que había salvado al panal, todas las veces en las que el mundo se había destruido. Los experimentos hechos por los humanos en las colmenas eran realizados los días viernes. Parecía que todos los viernes había un fin del mundo distinto. Pensó, pero no alcanzó a dimensionar lo que debieron haber pasado sus hermanas y su madre en manos de la especie asesina. No, nunca hablaría el idioma de los humanos, aunque la teoría se pudriera, sentenciada por sus signos intraducibles.

Se tocó el relicario con forma de corazón que había extraído de la bata de su abuelo. Aquel corazón que tenía trabajada una flor de loto en el centro, y que aún no había podido abrir. Decidió ponérselo en el cuello y, quizás así, en contacto con su cuerpo, podría comprender las señales que nunca llegaron. Tenía tanta hambre de saber la verdad, de ser útil y de vivir esos pocos días que le restaban. Solo estaba él, con el polen, la cera y la miel que producía a través de las sucesivas regurgitaciones.

Al almendro le encantaba escucharlo: oír el proceso de la miel lo excitaba.

—Por favor, amor, regurgita para mí —le había pedido el árbol más una vez cuando comenzaron con sus prácticas sexuales interespecies.

Aquel sonido le hacía recordar al mundo, cuando las abejas polinizaban y eran las reinas y señoras sin que nadie lo supiera.

—Te hago lo que quieras. Te hago toda la miel que quieras —le respondía, entre zumbidos, la abeja evolucionada.

Pasaban días y noches enredados, a la abeja le encantaba recolectar el polen de las flores y transferirlo desde la antera al estigma. El polen, polvo fino, ese

160

elemento fecundante y viril de las flores del almendro que a Apis le encantaba chupar, quedaba impregnado en todo su cuerpo. Los granitos microscópicos terminaban adosados a los artejos de la abeja, agitada por seguir polinizando. ¡Tenía la corbícula llena, rebosante del polen de sus flores!

Las flores hermafroditas del almendro no solo producían polen, sino también el delicioso néctar que volvía loco a Apis.

—Me encantan tus nectarios florales. Me los quiero comer todos —le susurraba la abeja, en éxtasis.

Y luego, regurgitaba suavemente sobre los numerosos estambres para, luego, recostarse sobre sus cinco sépalos.

Allí se quedaban abrazándose, hasta que se dormían, en completa calma, aunque, al día siguiente, la discusión siempre era la misma.

—Apis, mi vida, no podemos seguir así —reconoció el almendro mientras estiraba sus ramas por la casa.

¿Por qué no vamos al pueblo o al mercado y compramos algunas cosas? Puedo hacerte de comer, sé hacer recetas con mis propios frutos. Te puedo hacer una rica comida —le propuso, enorgulleciéndose de su autotrofismo.

—No tengo hambre —respondía, fatigado.

Y luego agregaba, como si estuviera esperando que el otro le recordara su fin:

—Gracias por pasar conmigo estos últimos días.

El almendro sentía que se iba a terminar de nuevo el mundo cuando Apis le hablaba así. Por eso, intentaba acercarle experiencias nuevas: le comentó de la universidad, de la biblioteca, de los nuevos panales pero nada pareció interesarle. No tenía ganas de salir de aquellas celdas de cera, su pequeña prisión apícola. No fue hasta que un pájaro se acercó al panal que debió tomar una decisión.

El almendro estaba limpiando lo que había caído de sus propias hojas; era un árbol muy sucio y siempre necesitaba estar higienizando el lugar en donde estaba. Escuchó los primeros gorjeos cuando terminaba de barrer la entrada y fue a avisarle a Apis, que se disponía a sacar un poco de polen de la sala.

—Hay un pájaro afuera, cariño —le dijo con desconfianza.

—¿No se habían extinguido? —respondió la abeja, con cierta confusión.

Los dos se acercaron a la entrada de la precaria colmena. Si no hubieran estado en el medio de la nada y el árbol no se viera a kilómetros de distancia, cualquiera la hubiera pasado desapercibida.

—Muy buenos días —saludó amablemente el hornero en el idioma de los eucaryas. —Se me ordena avisar a las especies evolucionadas que va a comenzar la Guerra del Tábano y podrán permanecer en territorio sitiado solo bajo su responsabilidad.

La abeja y el árbol se quedaron atónitos, hacía mucho que no escuchaban la palabra "guerra". Algo en aquel nombre bélico les llamó más la atención.

—Eso es de la orden díptera —entendió Apis—. Creí que estábamos en guerra contra las hormigas. Los insectos con alas nos habíamos aliado ¿Qué ha pasado?

El hornero se asentó sobre una de las ramas del almendro, suspiró y los puso al tanto, mirándolos a uno y a otro alternadamente. Antes, les pidió que guardaran la calma:

—Han quedado... —comenzó con cierto temblor en su voz— algunos humanos. Son seres gigantescos, espectrales. No recordaba por qué mi especie huía tanto de ellos. Pienso en las jaulas y me da tanto terror. Sin embargo, estos humanos no están vivos, están como en un estado de letargo.

—No me digas que los quieren revivir —se adelantó el almendro haciendo crujir sus ramas en señal de disconformidad.

El pájaro se quedó en silencio por unos minutos, pensó bien sus palabras y, haciendo uso de su siringa, trinó:

—Quieren que vuelvan a gobernar.

Los ojos compuestos y simples de la abeja se abrieron aterrorizados.

—¡No me vengas con eso! —rogó, mientras se agarraba las antenas— ¡Quería vivir mis últimos días en paz!

El hornero se disculpó: les recordó que no tenía mucho tiempo y que no podía seguir hablando; les advirtió que debían irse y que la guerra estaba por empezar. No sonaría ninguna alarma, solo los paseriformes estaban encargados de dar el aviso.

—¿A dónde iremos? —intentó averiguar Apis.

—A los refugios —les respondió el ave—. Habrá una migración masiva de mosquitos en menos de una hora, síganlos. Lleven solo lo imprescindible y no hablen con otros pájaros. Muchos hemos vuelto a comer insectos.

—Pero... ¿Y si nos quedamos? ¿Si no queremos abandonar la casa? —le preguntó la abeja, casi en un susurro, mientras sus antenas temblaban, en señal de temor.

—Morirán. La guerra es así, muchachos— y se marchó.

Cuando quedaron solos, la abeja se lamentó por tener que dejar lo único que la conectaba con su familia y con su vida: la pequeña casita que le había dejado su madre y en la que pretendía morir.

El almendro lo tomó entre sus flores y trató de consolarlo:

—Apis, querido. Yo puedo ser tu familia, tu vida y tu casa.

PROPUESTA DE EXTINCIÓN

Apis llevaba puesto el relicario al cuello; de alguna manera sentía que cargaba con el mismo peso que cargaron sus abuelos. El almendro y él habían abandonado el panal hace dos días y entendieron que debían ir a lugares distintos. La abeja se dirigiría a los refugios del orden hymenoptera y el almendro a los correspondientes del reino plantae, pero el árbol no quería dejarlo solo.

—No necesito refugiarme, voy a ir contigo.

La abeja se negó, tenía miedo de que lo infectara alguna plaga. El almendro lo enfrentó:

—Escúchame —le dijo, deteniendo suavemente la marcha— tengo mil ocho años y yo creo que ya puedo tomar mis propias decisiones. Yo te dejo a ti que tomes las tuyas.

—¡No me había dado cuenta —pensó en voz alta— que para ti es muy fácil decirlo, tienes mucho tiempo para decidir! Yo no.

—¿Por qué estás tan tóxico, mi amor? —se rio el almendro mientras le alcanzaba unas flores.

Él sabía que eran la debilidad de la abeja.

—Al, te pido por favor —le suplicó mientras agarraba una de sus flores y la chupaba —no me vayas a hacer esto en frente de la gente, porque no quiero pasar vergüenza. Ya demasiado es saber que moriré, sin poder descifrar la teoría de mis antepasados.

—¿Cómo sabes que es tan importante? Quizás, te mintieron. No, no la saques —le sugirió al ver que llevaba uno de sus artejos a la valija—. Puedo leerla yo, yo sé leer ese idioma.

La conversación se interrumpió por un enjambre de avispones que pasó zumbando sobre ellos. El árbol se quedó inmóvil y la abeja se refugió dentro de una flor blanca en antesis. El sonido de los avispones la aterraba, le recordaba las invasiones a la colmena: el caos y la destrucción en cuestión de segundos. La señal sonora única de las abejas melíferas ante una invasión, áspera, fuerte y con distintos intervalos de duración, se alojó nuevamente en su protocerebro. No podría recordarlo, era apenas una larva, pero algo en su instinto lo hizo zumbar de la misma manera. El almendro sintió cómo temblaba adentro de la flor y cerró lentamente los pétalos, para que los avispones no lo vieran. Era un enjambre gigantesco; parecía que llevaban un pesado cargamento entre sus patas: el sonido era despiadado. Giraron en dirección contraria a los refugios rodeados de árboles que ya se podían ver a la distancia, y se alejaron. El almendro abrió los pétalos de cada una de sus flores hasta que lo encontró, zumbando en intervalos.

—Querido, ya está, ya se fueron. Quédate ahí si estás seguro. La ciudad está cerca.

En el camino arenoso y árido se encontraron con un chañar florecido. Las plantas del desierto siempre le habían llamado la atención a Apis, que se asomó entre los pétalos, un poco más calmado, y vio un majestuoso árbol con flores amarillas. Le llegó el perfume del néctar y también el zumbido de otras abejas. El chañar se acercó al almendro y, con miedo, le comentó:

—¿Te enteraste, Prunus? —lo llamó por su nombre— quieren revivir a los humanos.

Sucesión de los seres orgánicos

Apis cerró el libro que leía y puso, entre sus hojas, una ramita de su árbol tan querido. Levantó la vista para contemplar el caldo de cultivo en que se había convertido el refugio de los insectos. Guardado en la flor del almendro, salió a cruzar algunas palabras con las abejas que polinizaban las flores del chañar; se enteró que muchas de ellas habían tenido que dejar sus panales por el avance de los avispones.

—Parece que no podemos vivir en paz —le había dicho una abeja mientras atravesaban el arco que invitaba al hacinamiento de la ciudad.

—Al, quédate conmigo —le suplicó Apis, al ver la gran cantidad de insectos antropomorfos de aquel sector.

El portador de los Aportes a la Teoría del Taxón era una apoidea de lo más cobarde, pero el almendro no lo juzgaba: todos allí compartían el mismo miedo.

Escucharon los rumores de los demás reinos y superfamilias: que a una tía le había agarrado la extinción en pleno baby shower; que su madre, saltamontes de toda la vida, se había casado con el hongo que parasitaba; que no sé quién había comenzado una nueva dieta proteica para adelgazar, entre otros comentarios irrelevantes.

Un sauce se acercó a ellos y le preguntó a Prunus, con los ojos llenos de tiempos antiguos:

—Prunus, querido, ¿cómo estás? ¿Te acordás cuando nuestra especie tuvo bulimia?

El almendro tomó una de las ramas del sauce y la enredó entre las suyas.

—¿Y cuándo las orugas de tus árboles tuvieron vigorexia?

—¿Qué tiempos aquellos, no? —sonrió.

Todas las especies se reencontraban con sus viejos amigos y recordaban otras épocas. Ahora, a pesar de las guerras entre colonias, se podía vivir bien. El almendro avanzó entre la cantidad de insectos, hongos y arácnidos para detenerse frente a los panales transitorios. Pero, una voz interrumpió su búsqueda.

—Disculpen, deben identificarse —el chillar de una lombriz le llegó casi a la altura de sus raíces, a unos cuatro metros.

Los árboles eran seres majestuosos y pertenecían a una de las familias más agraciadas y benevolentes del

Dominio Eucarya. Muchos no sabían cómo dirigirse a ellos, es más, la mayoría de los polinizadores se quedaban sin aliento cuando los veían pasar, sobre todo las especies extintas que ahora volvían a reinar junto a ellos.

—Mira qué lindo está ese árbol para polinizar —le dijo una abeja nearctica a una mariposa.

—Ese es Prunus —confirmó la otra— y parece que ya tiene quién lo polinice.

Abajo, en el amplio recibidor que solo los pequeños bichos podían ver, le volvió a llegar al árbol una voz insistente:

—Nombre, edad y función en el ecosistema, por favor.

—Prunus Doméstica, árbol frutal de hoja caduca— aclaró el enorme almendro—. Tengo mil ocho años. Soy el preámbulo de la primavera —pronunció orgulloso — y, gracias a las abejas, puedo dar almendras.

—Le agradezco, señor Prunus —le respondió—. ¿Y su compañero?

El almendro hizo silencio y calmó la brisa entre sus ramas para dejarlo hablar.

—A...Apis Melífera —se anunció—. Tengo veinticuatro días. Soy un polinizador por excelencia.

—¿Un polinizador sin alas? —inquirió la lombriz que casi largaba la carcajada.

—Sí, así es, un polinizador sin alas.

—¡A lo que ha llegado la evolución! —se quejó con la misma voz chillona—. Pueden pasar, por favor.

El árbol levantó suavemente sus raíces para abrirse paso entre aquella maraña de insectos, de hongos y de plantas. Varias libélulas volaban sobre ellos; los machos hicieron una impecable exhibición de vuelo para el cortejo y dos parejas se apoyaron sobre el tronco del almendro para aparearse.

—Al, cielo —le señaló Apis.

—Tranquilo, es algo natural. Son muy bonitas cuando forman un corazón con sus abdómenes. Relájate y disfruta —le sonrió.

—¿Así que así son las cosas, Prunus? —se atrevió a llamarlo por su nombre—. ¿Qué vendrá mañana? ¿Otras abejas?

El árbol no resistió la risa y le aseguró que eso sería algo normal, ya que en primavera solía tener unas cien abejas rondándolo.

—Veo que no estarás solo cuando yo me muera, entonces —resolvió, arrojándose como un loco por los pétalos, hasta llegar a las ramas.

Los otros insectos, que se habían empezado a acercar al árbol para buscar un refugio, estaban atentos al drama.

—Cariño, perdóname, no quise decir eso —se excusó el almendro—. Déjame llevarte —lo agarró entre tres de sus flores y le volvió a pedir disculpas.

Siempre que lo sujetaba así, parecía que le estaba dando un beso y la abeja se dejó. Después de aquel percance, el árbol continuó su marcha hasta que encontró un cartel escrito en eucarya sobre algo que parecía ser una estrecha puerta: "Albergue superfamilia apoidea", aunque lo ignoró. No había lugar para él, así que trató de buscar otra alternativa en donde poder asentar las raíces.

—Cariño— le dijo a la abeja— hay mucha gente aquí, por favor cuida los manuscritos. Apenas pueda enraizarme, los leeré. De esa manera, por cualquier cosa que suceda, aún quedarán grabados en mi memoria vegetal.

—Eso es lo único que te importa, ¿ah? ¡La inútil teoría!

El lacrimoso grito de la abeja fue interrumpido por un gran ruido que alborotó el refugio: eran las agresivas hormigas del Matadero, la otra facción de la guerra.

El almendro se alejó con los demás árboles mientras observaba que, por sus ramas, subían otros insectos que buscaban protección. La abeja se encontró con un coleóptero que trepó a la altura de las flores; lo recibió en medio del caos y le dio espacio para que subiera.

—¿Y los humanos? —le preguntó una vez que lo tuvo frente a sus ocelos.

—Están enterrados, pero la Teoría del Taxón sabe cómo revivirlos o, en cualquier caso, buscar una opción para unir los reinos.

Entre la confusión de las facciones en conflicto, solo Apis y el coléoptero vieron sobrevolar por el cielo a un grupo enorme de polillas con rasgos humanos. ¿Quiénes eran? Las singulares criaturas fueron a poner orden a los refugios y a salvar a las víctimas de las hormigas.

—Son las Aclepsias —escuchó decir a su almendro.

La abeja recordó la hermosa planta con flores que solía polinizar su especie y se sintió confundido al darse cuenta de que aquellas que tomaban su mismo nombre eran, en realidad, un enjambre de polillas antropomorfas.

—Hay una antigua leyenda —comenzó su amante— que cuenta que Aclepsia fue la primera de ellas. Nació antes de la extinción del Antropoceno y vino de una ciudad donde los seres humanos formaban crisálidas, en puentes colgantes. Los que vinieron después de ella tomaron su nombre, cambiaron el de Lymantrias.

Otro de los bichos que había trepado al árbol, se acercó a escuchar la historia y aportó:

—Las Aclepsias nos cuidan. Es increíble que procedan de adaptaciones humanas.

De la imperfección de los registros antrópodos

—No me esperaba esto —le respondió Apis al bicho —. ¿Así que son adaptaciones humanas?

Las Aclepsias habían logrado detener la masacre de las hormigas, que se perdieron a lo lejos: parecían un ejército que destruía todo a su paso. Las vieron abandonar los refugios y dirigirse, unas por tierra y otras por aire, hacia el norte. Algunas de las polillas gigantes permanecieron en los refugios y asistieron a los bichos heridos. Habían desarrollado un líquido curativo que segregaban de sus cuerpos antropomorfos.

Apis, refugiado en su almendro, cerró los Aportes: los había sacado de su valija junto con la Teoría del Taxón y había cedido ante las insistencias del almendro por leerla. Estaba convencido de que el tiempo, sobre todo el suyo, era muy poco. Se lo acercó a una de sus ramas con flores y, ante la vista de todos los demás insectos que estaban refugiados allí, leyó. Se hizo un silencio lisonjero, ninguno de los presentes había escuchado nunca leer a un árbol. Nadie sabía en dónde estaban sus ojos pero, al parecer, lograba leer a través de su corteza.

—¿Qué está leyendo? —preguntó un macho peruphasma.

—La Teoría del Taxón Eucarya —respondió la abeja y se corrigió— Los Aportes.

Los bichos se asombraron de que aquellas hojas parecieran restos humanos. Supuestamente, estaba allí el secreto de la resurrección y de la paz entre las especies que sus antepasados habían cuidado por tanto tiempo.

El proceso tuvo sus interrupciones, ya que los autores, por la propia naturaleza que se dignaban a respetar, morían temprano. El árbol estuvo unos dos minutos masticando aquellos papeles en sus nervios vegetales y, luego, suspiró. Temblaron todas sus flores, todas sus hojas y las pocas almendras que habían madurado.

—¿Y? ¿Encontraste algo, querido? —apuró Apis.

—El texto está en clave —confesó—. Me recuerda a las premoniciones sobre la extinción, dice que...la dieta o el amor. Evolucionamos a partir de una dieta, pero no específicamente alimentaria. El metabolismo es la causa de todas las evoluciones.

Los demás bichos se decepcionaron y abuchearon al ávido lector que, aunque sabía interpretar todas esas palabras indescifrables, no les daba las respuestas esperadas.

—Yo te escucho, Pruni, háblame a mí —buscó Apis.

—Querido— retomó el árbol— dice que la evolución

se basa en la alimentación de la especie, es un estudio sobre ambientes extremos de la dieta. Así evolucionaron las efímeras acuáticas que comenzaron a comer miel. Cada orden tuvo un cambio en su forma de alimentarse. La adaptación las llevó a evolucionar.

—¿Y qué dice de los humanos? — inquirió el oyente.

—"El hombre comerá la miel del mundo y volverá a reinar sobre la tierra" —releyó en voz alta el almendro.

—¿Dice algo sobre las abejas? —Apis se dio cuenta de que debió haber hecho esta pregunta primero.

Los gritos que llegaron desde los refugios interrumpieron la lectura y el árbol decidió regresar. Le devolvió los manuscritos a su abeja y le aseguró que todo estaría bien. Otros árboles lo siguieron hasta los callejones que daban a los albergues y la vieron: una enorme mantis religiosa que estaba devorando a los refugiados. La mantis siempre había sido la depredadora por antonomasia, pero hacía mucho que no veía a una comer así, parecía que estaba dándose un violento festín con los grillos. El palpo maxilar y la mandíbula estaban llenos de sangre blanca, incolora: la hidrolinfa que no transportaba oxígeno. El almendro, quizás en un intento suicida, o ya sabiendo identificar la sed en las otras familias, buscó una fuente de agua y acercó una de sus ramas liberadas para que la mantis pudiera beber. El bicho tomó el agua y se calmó. Los que observaban la masacre, quisieron detenerla y castigarla, pero la mantis trepó hasta la punta del almendro y se quedó allí, respirando con dificultad.

—La liberó una de las facciones, la de los avispones— los puso al tanto una avispa—. Dicen que piensan converger el ADN de uno de nosotros con el de los humanos. No sé por qué creen que los obedecerán, volverán a esclavizar y a destruir —tembló.

—¿Dónde están los avispones? —la voz potente del almendro hizo temblar la tierra donde se enraizaba.

Su pregunta pareció ser la de todos y fue respondida por la misma mantis asesina, que se refugiaba en una de sus ramas más altas:

—Caverna. Estatua. Bicho. Cabeza humana —soltó la Mantis sin saber unir sus palabras sueltas.

La enumeración caótica se les presentó como un oráculo.

INTERPRETACIONES GEOGRÁFICAS

Apis y Prunus se quedaron en silencio unos minutos, intentando descifrar las palabras dichas por aquel ser atormentado. La abeja comenzó a sentirse ansiosa: sin poder volar, solo era capaz de transportarse con sus artejos y dependía del árbol. El día parecía no tener fin al lado de su amante pero, ahora tenían una compañía pasajera: la mantis religiosa que se había quedado en una de las hojas más lejanas y que solo pronunciaba palabras sueltas, inconexas e inconclusas. Parecía que también habían hecho experimentos con ella.

Las últimas abejas volaron hacia otras flores y los abandonaron. El almendro pensó que lo mejor era no crear multitudes, además de saber la necesidad que tenía su abeja de estar sola. Se habían alejado de los refugios lo suficiente como para saber que estaban perdidos y para advertir que se abría ante ellos la caverna que daba acceso al resguardo de los avispones. Quizás, era cierto, la guerra no era más que un desvarío en la ignorancia de cómo resucitar humanos. La Teoría del Taxón y sus aportes eran, posiblemente, los únicos resquicios por donde se dejaba entrever la sangre roja de la especie tirana, aquella que los había aborrecido.

La mantis y la abeja, cuyos omatidios estaban más adaptados a la oscuridad, lograron identificar claramente lo que allí sucedía: parecía que era una especie de iglesia negra, como en la que antes vivían las cucarachas y las moscas. En medio de un círculo, un montón de avispones arrodillados cantaban a la imagen de algo semejante a un coleóptero con cabeza humana. Al parecer, eran los primeros experimentos con humanos que se llevaban a cabo. La imagen no los aterró, pero el miedo de la abeja por los avispones y su zumbido intermitente de alerta los delataría. No había manera de calmar a Apis.

Salieron de la caverna a apenas unos pasos de haber entrado y el sonido de un nuevo enjambre los hizo huir. No había nada kilómetros a la redonda, ni un árbol, ni arbustos, ni nidos y eso, quizás, era el verdadero peligro. El almendro no le tenía miedo a los avispones pero sí a su fanatismo: odiaba cualquier pasión desmedida.

—Gobierno. Nuevo. Humanos —intentó la mantis religiosa.

—Yo no estaría tan en desacuerdo con volver al mundo que antes teníamos —confesó el almendro mientras buscaba algún refugio.

—Al, estamos hablando de humanos —le respondió la abeja, disconforme.

Sus músculos de vuelo cicatrizados hicieron que la mantis estirara sus patas raptoriales y quisiera tocarlo. Entendió que al otro le quedaban pocos días de vida. Quiso consolarlo, pero algo en el cielo lo dejó sin voz: el enjambre de avispones los había rodeado. Era evidente que los habían visto, inclusive a ellos dos que estaban escondidos entre las flores. Amenazantes, se formaron en posición de ataque y les indicaron:

—Necesitamos un árbol.

Apis dejó caer su libro, junto con los aportes. La tierra caliente los recibió en un abrazo natural. Pensó que era mejor dejarlos ahí y se preocupó por su almendro, a quien tomaron prisionero.

LA MORFOLOGIA DEL AMOR ENTRE LAS ESPECIES

—"Evolución combinatoria".

Eso escuchó Apis mientras rezaba a sus dioses antiguos para que las Aclepsias los auxiliaran, pero nadie llegó. En medio de sus zumbidos entrecortados para dar aviso a una colonia invisible, fue maniatada por los despiadados avispones. Él, su árbol y la mantis habían sido atrapados por el enjambre enemigo que se dignaba a explicarles su plan macabro para las nuevas generaciones: la experimentación con humanos necesitaría, además de miel de abeja, toda la sabia de un mismo árbol. La cueva oscura se había convertido en su cruel laboratorio.

—La evolución será convergente y combinatoria —zumbó uno de ellos desde las primeras hileras de la tropa.

—Los seres humanos tendrán dos ciclos de vida y el segundo nos pertenecerá —votó un avispón, mientras elevaba los ocelos azules a la deidad que habían inventado.

Luego, volviéndose a los prisioneros, inquirió duramente:

—¿Dónde están los aportes?

—Aunque los tuvieras no sabrías leerlos —respondió el almendro— no los entenderías. Están en clave, en el idioma de los humanos.

Arrancaron una de las ramas del almendro para que se callara y volvieron a interrogar a la abeja que, en aquel estado de crisis, al borde de una muerte que se le adelantaba, mintió sin sospechar las consecuencias que esto traería:

—Se los hice comer a la mantis.

La Vespa Mandarinia había sido apodada como "avispa asesina". Eran una especie violenta y, además de tener la fama de atacar a la fauna nativa, cuando estaban hambrientas, eran una plaga. Los avispones agarraron entre cuatro a la inocente mantis y la sujetaron con sus terribles uñas tarsales. La abrieron en el medio con sus poderosas mandíbulas que les habían proporcionado el cruel apodo y aquella mantis, la más grande depredadora de los insectos, se vio sometida sin poner resistencia. La mataron sin piedad, en frente de Apis, por su culpa. Se dio cuenta: no solo era una abeja ignorante, no solo se estaba por morir, sino que también era cobarde y egoísta.

No pudo liberarse para agarrar su aguijón y defenderla, pero escuchó cómo rompían las ramas de su almendro y se decidió a hablar, después de hacer matar a un inocente. Ni siquiera podía volar, no había manera de salir con vida de allí.

—¡Están afuera! —gritó—. Los dejé caer a la entrada de la caverna.

Un grupo de avispones fue a buscarlos mientras que la tropa volvía a reorganizarse. La humedad de aquel lugar lo mareaba y le hacía doler los ocelos, pero mayor fue su turbación cuando, frente a ellos, los avispones develaron a una criatura gigantesca, cubierta por miel de abeja. Era un cuerpo humano con cabeza de insecto, una imagen tosca y burda que podría atormenta a cualquiera. Apis, aún maniatado, no recordaba lo gigantes que eran los humanos y lo despiadada que podría ser su propia sangre. Buscó al almendro entre la oscura humedad en donde solo brillaba el relicario que se había puesto y lo vio, herido, al otro lado.

—¡Maten a la abeja, ya no la necesitamos! —ordenó uno de los avispones.

El almendro, al escuchar la amenaza, desenterró sus raíces y arremetió contra el enjambre que se dispersó, agresivo. Le gritó que se fuera, que siguiera el camino que habían dejado sus raíces y volviera al refugio.

—Fue como un sueño haberte conocido, querido —se despidió Prunus—. Mis antepasados y yo siempre te hemos amado. Y no, no habrá otras abejas después de ti.

Apis zumbaba, aterrada, sin saber si tener miedo a la muerte o a separarse del árbol. Un avispón la tenía agarrada, a punto de degollarla con sus uñas tarsales, cuando respondió:

—¡Prunus, yo... quizás, la mejor muerte fue siempre entre tus flores! Tenías razón: ¡la polinización es el mayor acto de amor que existe!

Al escucharla, los avispones se detuvieron; quedaron atónitos mientras presenciaban aquella declaración de amor nunca antes vista entre dos especies.

Un avispón enorme se dejó ver por primera vez entre los demás, parecía que estaba esperando el momento indicado para aparecer. Apis observó cómo una línea tácita dividía su enorme cuerpo en dos colores finamente identificables: amarillo y anaranjado, ambos igual de brillantes. En un silencio espectral, levantó una de sus patas y, ante el aviso mudo, el avispón que tenía atrapada a la abeja, la soltó, la dejó respirar y luego la arrojó a las ramas del árbol.

—Déjenlos ir a estos dos —ordenó el avispón bicolor —no es el momento ni el lugar para hablar de simbiosis, menos de amor.

"Simbiosis" era el nombre del avispón ginandromorfo que tenía abiertas intensiones de crear una raza humana a su imagen y semejanza. Para tales planes ambiciosos, no pretendía contaminar las especies siguientes con el mutualismo barato que muchos confundirían con amor. ¡Desastroso sería!

—No quiero más de estos árboles ni de estas abejas. ¡Traigan a las chinches! —ordenó.

El almendro y la abeja salieron de allí, sin saber por qué les habían perdonado la vida.

—Perdí la teoría, mi amor. Lo siento —se disculpó la abeja—. ¿Estás bien?

—Vayámonos, Apis. No te disculpes. El mundo siempre va a tener sus tiranos.

El almendro lo resguardó entre una de sus flores y en el mutismo interespecie, se declararon la paz. La abeja se sacó el relicario, sintió que cuando muriera podría volver a volar y no quería llevar ninguna carga. Lo descolgó y, después de intentar abrirlo, ambos descubrieron una semilla. La abeja la extrajo de aquel objeto milenario con sus artejos y ambos la enterraron junto con el relicario. Cubrieron, pacientes, una alianza y prometieron que, en ese mismo lugar, miles de años después, se construiría una nueva civilización que tendría más respeto y más compasión por todas las formas de vida.

La adaptación del amor

Era el último día en la vida de Apis y, ya perdida la Teoría del Taxón, su porvenir no parecía tener sentido. Se recriminó la muerte de la mantis, pero ya no había manera de remediarlo y debían seguir la marcha hasta encontrar algún refugio donde pudieran proveerse de agua pura.

El almendro divisó a lo lejos un humedal, mientras la abeja no dejaba de chupar el néctar de sus flores. Habían caminado por kilómetros.

—¿Cariño, no es esa la laguna de Llancanelo? —preguntó, sin poder creerlo.

Vieron una amplia concurrencia que se multiplicaba en sus orillas y decidieron acercarse, con cautela, no fuera a ser que se tratara de una trampa. Se encontraron a otros insectos festejando porque la guerra parecía terminar. Los avispones ya tenían lo que querían y solo faltaba que los bichos volvieran a firmar acuerdos, por lo menos entre lo que estaban allí, en el Dominio Eucarya, para vivir tranquilos.

Escucharon el canto de unos grillos y de unas cigarras: se había armado un gran baile en el valle. Las luciérnagas que revoloteaban los advirtieron al pasar, no era fácil para Prunus, con sus tres metros de altura y el aroma dulce de sus flores, pasar desapercibido.

Los demás árboles del reino, invitaron al almendro a enraizarse a la orilla de la laguna, a la vez que un centenar de insectos y aves antropomorfas lo usaron de refugio: los arácnidos tejieron sus telarañas y los tordos hicieron sus nidos. La abeja quería estar un rato a solas con él, pero no era fácil tener intimidad en la naturaleza, lo sabía. A pesar de todo, Apis agradeció no tener que pasar su último día en soledad.

Ya llegando la noche y, después de la décima vez que polinizaba a su almendro, Apis le preguntó si había leído algo sobre la extensión de la vida de las abejas evolucionadas. No quería irse sin saberlo.

—¿No te había dicho? —advirtió Prunus, preocupado, mientras lo agarraba entre dos de sus flores—. Cualquier organismo del Reino Eucarya podrá sobrevivir siempre y cuando permanezca al lado de otra especie a la cual ame. Es lo que tus ancestros llamaron "La adaptación del amor".

— Entonces...si me quedo a tu lado ¿podré vivir un poco más?

—Mi vida —le aseguró Prunus, cariñoso— si te quedas a mi lado, yo me encargaré de hacerte inmortal. ¡No morirás nunca!

En medio del concierto de grillos, el árbol le alcanzó uno de los carozos de sus almendras, las pequeñas semillas de cáscara blanquecina, y lo colocó entre sus artejos, acaso como un anillo invaluable. La abeja, sorprendida ante aquella declaración de amor semejante a una propuesta de compromiso, lo dejó hablar, prometiendo en silencio que lo haría florecer por siempre.

—Cualquier cosa que pase, Apis, llévame contigo. Podrás plantarme en otro lugar, siempre a tu lado. Así funciona el amor.

EL SECRETO DE LOS ENAMORADOS DE LIMA

Jorge Armando Berdugo Hernández

Cuando los radioteatros estaban en su apogeo y el inolvidable escribidor Pedro Camacho era la pluma en ristre que contaba las historias más escuchadas en las pequeñas bocinas de Lima, se conocieron, con las irregularidades propias de la ficción, muchos secretos que intentaron maquillarse cambiando nombres y situaciones; la mayoría de estas historias intentaban, sin embargo, guardar la esencia de lo que realmente pasó. La historia del secreto de la novia embarazada en plena boda, la del salvaje africano, la del violador y el juez, todas y cada una tienen su raíz en el mundo real. Aunque, como ya sabemos, el escribidor, obseso con la producción prolífica y simultánea de radionovelas, perdió el rumbo y terminó mezclando los acontecimientos y dándoles desenlaces funestos.

No era difícil escuchar esos finales y darse cuenta de que aquella voz omnisciente estaba fuera de sí, de que ya no era un dios creativo coherente. Lo más falso de sus historias fueron los finales trágicos, la muerte, el final de los finales más cerrado que existe. La muerte fastuosa es la salida simple, pero válida, para el escritor que ya está aburrido de su propia historia. García Márquez también acabó con una estirpe y un pueblo completo el día que amaneció de malas pulgas. Síndrome diluviano, debe llamarse ese estado.

Muchas historias padecieron los estragos del dios exhausto y de la excesiva ficción, pero hubo una que sufrió de algo infinitamente peor, sufrió de moralismo, el mal que acaba con toda libertad creativa. No es para nada coincidencia que sea el último radioteatro que se le recuerda, la historia que abrió el camino a la decadencia de Pedro Camacho: la historia del nada agraciado compositor Crisanto Maravillas y de su amada Sor Fátima. Hoy sabremos la verdad.

Algunas cosas son ciertas, por ejemplo, cuando el escribidor Pedro Camacho, amigo del joven Vargas Llosa, cuenta que Crisanto Maravillas conocía desde niño a la hermosísima Fátima. Crisanto era un niño sensible, pero también despabilado. Había nacido chueco, enjuto, tenía un párpado caído y una cabeza desproporcionada. Caminaba casi arrastrándose y todas las niñas se apartaban de él. Por eso, cuando conoció a Fátima, aquella niña inocente que nunca había salido de las paredes del convento Las Descalzas desde que sus padres la abandonaron siendo bebé, vio la oportunidad de que alguien lo mirara con ojos espirituales, alguien que no se rigiera por los parámetros estéticos de la sociedad. La suerte estuvo de su lado, Fátima sintió una emoción similar y nunca se fijó en su fealdad. La niña era tan hermosa como carismática. Crisanto, por primera vez, se sintió como un igual. Su madre era la cocinera del convento, así que tenía permiso siempre para jugar y ayudar a Fátima en sus quehaceres. Se puede decir que Fátima le salvó la infancia a Crisanto y viceversa.

Crecieron, más Fátima que Crisanto, y ella fue mostrando tantos dotes femeninos que las monjas de Las Descalzas sentían una obligación inconsciente de cuidar su castidad. Ya sabían ellas que el diablo entraba por las piernas; muchas veces habían puesto su empeño en la educación religiosa de hermanas que prometían mucho, y terminaban abandonando el convento cuando, como dice la Biblia, conocían varón. A veces no renunciaban al hábito por un hombre, la constante curiosidad en las noches conventuales las llevaba a la masturbación desenfrenada. Entonces podían ocurrir dos cosas: encontrar el amor en la lengua religiosa de alguna compañera (lo que llevaba a mantener el secreto y la vocación) o abandonar la vida monástica por la vida orgásmica.

Fátima, sin embargo, tenía una fuerte vocación religiosa, pero a las hermanas las preocupaba su gran atractivo. La simetría de su rostro encantaba sin la necesidad de sonreír, que de hecho lo hacía poco por lo tímida que era. Su sonrisa y su mirada hubiesen sido suficientes para ganarse miles de pretendientes, que hubiesen sido millones si en vez de la simetría de su rostro hubiesen podido ver, bajo la sotana, la simetría de su cuerpo: era esbelta, de largas piernas, su postura siempre erguida parecía la razón de que sus nalgas y sus senos estuvieran firmes y torneados.

Fátima, a pesar de la desconfianza de las hermanas, no pensaba en el sexo. Ni cuando sorprendió a dos jóvenes monjas tocándose y fingieron que una le ayudaba a acomodarse la ropa interior a la otra. Más allá de que Fátima supo de inmediato que estaban haciendo algo indebido, decidió hacerse la inocente. Lo único que hizo fue incluirlas con fervor en sus oraciones. El que sí pensaba en el sexo, con cuerpo todavía de niño, fofo y de piernas encogidas, era su amigo Crisanto Maravillas. El único que merodeaba entre las monjas por la lástima que le causaba a la madre superiora. Desde niño lo habían dejado que colaborara en los oficios del convento, siempre al lado de Fátima. Pero allí, rodeado de mujeres, arrastrándose entre los pasillos con su cojera zigzagueante que más bien parecía una culebra libidinosa, siempre se hacía el distraído y observaba a las hermanas cambiarse la túnica. También acompañaba a Fátima al lavadero, a lavar sotanas, que era prácticamente la única actividad que hacía, como es lógico, sin sotana; para esas ocasiones vestía una bata similar a la que usaba para dormir, pero Fátima, a pesar de hacer todo con suma delicadeza, siempre se mojaba un poco y Crisanto no podía evitar las erecciones.

Crisanto Maravillas, sobre todo en los días de lavandería en el convento, llegaba a su casa y se masturbaba con los ojos cerrados imaginando que encima tenía a la bella Fátima. En sus ejercicios masturbatorios también era algo inocente, como nunca había tenido amigos varones, como siempre vivió marginado, como nunca estuvo presente en un habitual corrillo de jóvenes de esquina y nunca escuchó hablar de tamaños y formas de penes y vaginas, es decir, como nunca tuvo educación sexual de barrio, pensaba que su pene era prácticamente igual al de todos los demás jóvenes; pero lo de Crisanto Maravillas era una cosa descomunal. Parecía como si ese cuerpo que por ningún lado agarraba carne, siempre flaco, enano y huesudo, ese cuerpo que remataba en un par de piernas torcidas, hubiese concentrado todo su empeño en acrecentar su miembro viril. Crisanto se iba a convertir en un gran compositor que nunca dejaría de cantarle al amor de Fátima, pero sus casi veinticinco centímetros de miembro que solo conocían la palma de su mano, también hubiesen podido considerarse otro talento milagroso en aquel cuerpo tan imperfecto. Él creía normal, en su falta de mundo y vida sexual compartida, masturbarse con ayuda de la segunda mano al mismo tiempo.

El cuadro era circense. Un tullido al que le gustaba masturbarse de pie en un rincón de su habitación, la sombra imitaba sus dos piernas enclenques y torcidas, y, en medio —la sombra también era fiel— una verga somnolienta, fláccida, que tardaba en erguirse del todo y, aun así, se veía imponente y más simétrica que las dos piernas de Crisanto. La rigidez total llegaba cuando Fátima colmaba la mente de su amigo. Por gracia de la imaginación, Fátima siempre se le aparecía con aquella bata húmeda semilevantada, mientras él suponía —y se empinaba realmente para suponerlo bien— que la penetraba dificultosamente de espaldas. Siempre eyaculaba en esa misma esquina de la habitación, apuntando firmemente mientras sus dos manos sostenían la fiera venosa que palpitaba de lujuria.

Pero ya estaba aburrido de tener que limpiar con sumo cuidado la esquina de su habitación para que su madre no sospechara de su único alivio sexual, y en una jornada de lavandería, a solas con Fátima, dio el primer paso. En el fondo, Fátima sabía del interés de Crisanto, lo sabía por su mirada, por su sonrisa, por su presteza ante cualquier petición que ella le hacía. La ayudaba no solo a fregar ventanas y pisos, enjabonar sotanas y regar plantas; sino que estudiaba mucho el latín para ayudar a Fátima a aventajar a las otras hermanas. Feo y todo, Crisanto se había ganado el corazón de la mujer más bella de ese convento y sus alrededores. Por eso, cuando dio el primer paso, Fátima se sobresaltó, titubeó, se quedó sin aire, pero nunca lo rechazó. Crisanto Maravillas había comprobado que Fátima estaba interesada en él con una estrategia poco sutil. Ese día, frente al lavadero, Fátima tenía una espuma de jabón en su mejilla, Crisanto se la limpió con delicadeza y ella lo miró ruborizada. El enamorado se envalentonó, la agarró por la bata húmeda y la trajo levemente hacia él. Crisanto, que siempre se montaba en un banco para ayudar en la lavandería, quedaba a la altura justa de su amada, entonces le hizo sentir el rigor de un pene bien erecto que palpitaba cerca de su pelvis por primera vez. Ese día no hubo sexo, pero Fátima se quedó abrazada a él sin pensar en más nada que en el bonito nerviosismo de amar, un amor diferente al que había aprendido en sus dieciocho años de claustro, menos místico, pero tan intenso que inmediatamente le hizo comprender los secretos nocturnos de las hermanas del convento.

Estos son los detalles que Pedro Camacho, por pudor o moralismo, no quiso contar. Aunque el propio Vargas Llosa, que lo conoció más de cerca, dice que el problema fue de locura. Al parecer la decadencia de Pedro Camacho se debió a una amnesia precoz que le hizo trastocar las historias. La mente le falseaba lo sucedido o simplemente no quiso dar los detalles calientes. Sin embargo, al César lo que es del César, una de las cosas que sí sucedió tal como las narra Camacho fue el hecho de que Crisanto Maravillas nunca quiso moverse de su barrio y que la única razón era Sor Fátima. Es cierto, también, que entre los trece y dieciocho años había adquirido tanta fama en Lima como compositor, que nadie entendía la razón de no querer salir de aquel barrio humilde, de rechazar contratos de disqueras y hasta restarle importancia a los derechos de autor de sus composiciones. La razón era que las mujeres podían amar su música, pero no a él. El feo tullido solo encontraba un trato genuinamente cariñoso en la disposición de su querida Fátima.

La bella religiosa, el día que Crisanto la hizo sentir mujer solo recostándole su deseo, llegó temblorosa a la habitación y se acostó en la cama muy seria mirando al techo. Luego sonrió inconscientemente por unos largos minutos; cuando notó que sonreía, miró asustada a todos lados para confirmar que nadie había visto su extraña felicidad. Volvió a mirar perdidamente el techo como si fuera el cielo infinito y se quedó allí, pensando en todo lo que le hizo sentir Crisanto. Le volvió ese cosquilleo en la entrepierna que la erizaba. Sin dejar de mirar al techo, bajó la mano lentamente hasta su vagina y salió bruscamente del letargo al comprobar que estaba empapada. Sor Fátima ya había humedecido de éxtasis sus pantaletas cuando se acariciaba con inocencia o cuando algún sueño (que ella reprendía a la mañana) la estimulaba, aunque siempre era una gota insignificante; Crisanto, en el lavadero, haciendo menos de lo que ella creía hacer en sus sueños, la hizo mojarse tanto que debió darse un largo baño frío, ¡cuánto hubiese facilitado tanta humedad su desfloración!

El convento era grande y Crisanto pasaba mucho tiempo con Fátima, sabía que tenían tiempo y espacio de sobra para poner el tema en la mesa. Luego del encuentro en el lavadero, se habían vuelto a ver y Fátima no hablaba del suceso. Así que Crisanto esperó su momento. Un día se tiraron exhaustos entre los arbustos del jardín que habían acabado de regar, Crisanto habló con toda la verdad. Dijo que no había otra cosa en su cabeza desde aquel abrazo largo y pasional. Ella quitó la mirada y Crisanto la tomó de la barbilla dirigiendo con delicadeza su rostro hacia él, no te quedes callada que necesito saber lo que piensas. Ella dijo, yo tampoco pienso en otra cosa, me gustó mucho, pero ya sabes que no... él no la dejó terminar la frase porque le dio un beso, uno solo muy rápido y se separó enseguida para ver la reacción de Fátima. Ella había optado por cerrar los ojos y disfrutar, así que Crisanto retomó inmediatamente el beso y se hizo tan largo que quedaron sin aliento. Después de media hora de besos y caricias, en los que ninguno de los dos quería parar, Fátima, buscando algo de razón en su cabeza, le dijo que debía ser un completo secreto porque ella no quería dejar el hábito. Crisanto entendió, sabía que Fátima era una huérfana recogida por Las Descalzas y que le debía todo a ese convento. Ese día, sin culpa alguna, decidieron ser novios en secreto. Fátima amaba realmente a Crisanto y él a ella, y eso era suficiente para que Dios la perdonara... o eso decidió pensar.

Al día siguiente era jornada de lavandería. En esa tarea Crisanto se desbordaba de lujuria no solo por ver a Fátima con la bata empapada ceñida al cuerpo, sino porque la veía sin hábito. Ambos respetaban mucho la túnica religiosa, era como si los hiciera pensar en trascendentalismos amorosos. Pero era día de lavar sotanas. El lavadero estaba retirado y se habían cerciorado de estar completamente solos. El sorprendido fue él cuando ella tomó la iniciativa. Fátima sentía confianza de dominar a Crisanto porque se sabía amada y había tomado consciencia de su belleza. Primero quería quitarse la curiosidad de saber cómo era un pene; así que, sin permitir que Crisanto se bajara del banco, le bajó el pantalón y la ropa interior, su cara se llenó de sorpresa y felicidad cuando vio emerger de la entrepierna de Crisanto su talento formidable. Estaba tan concentrada en la nueva experiencia que no notó la vergüenza de Crisanto, que no se avergonzaba por mostrar su desnudez, sino por exponer sus piernas atrofiadas. Fátima le enseñaría de inmediato que su atención estaba puesta en otro lado. Se bajó la pantaleta sin quitarse la bata. Crisanto pudo ver la mancha de humedad en su ropa interior, eso lo hizo perder toda vergüenza. Fátima, entonces, pareció carecer de imaginación, se dedicó a besarlo y no supo cómo llevar a cabo el acto amoroso. Crisanto tampoco tenía experiencia, pero había imaginado la situación muchísimo más que ella, así que sintió que era la hora de tomar el control. Se bajó cuidadosamente del banco y lo utilizó como asiento. Ahora estaba él sentado (con su frente en la pelvis de Fátima) y ella de pie. La agarró de las nalgas, sus manos se deslizaron despacio por detrás de las piernas y, sin decirle nada, llevándola con ligeros tirones, le indicaba que abriera las piernas y se sentara sobre él. Ella entendió y obedeció con cuidado, cuando sintió la punta del pene que Crisanto sostenía para ser más certero, se levantó un poco asustada. Él, con el control total de todo, le dijo que se calmara y que fuera

bajando de a poco. Su excesiva lubricación definitiva-
mente estaba hecha para sobrellevar la regia virilidad
de Crisanto. De todos modos, no fue fácil, ella bajaba
temerosa y volvía a subir, y en ese movimiento intermitente, cada vez que bajaba, Crisanto lograba entrar
un poco, un poco y un poco más. Crisanto sintió cómo
había pasado la corona de su pene y ahora sentía la
humedad en medio del glande. Suspiró y la agarró por
la cintura y ella entendió que no debía salir más. Pero
había quedado a medio camino. En ese momento, las
piernas de Fátima parecieron desfallecer por el cansancio
y quedó sentada de tope, incrustada totalmente, se llevó
las manos a la boca para no gritar. Fue un dolor, un
dolor agradable, soportable, que Crisanto también
sintió. Entonces se abrazaron, sentada ella en él, inmó-
viles, como esperando que sus cabezas comprendieran
a sus cuerpos. El dolor se ocultó en el placer y empezaron a consumar su amor con movimientos lentos. Se
besaron, y sus besos, que solo ellos escuchaban, hacían
sonidos acuáticos. Con el pasar de los segundos también
su sexo empezó a sonar casi imperceptiblemente. Fátima
cabalgaba cada vez con más confianza. En pleno sexo,
su subconsciente le recordaba el goce de la primera
penetración y buscaba repetirlo. Se levantaba lentamente
con toda la facilidad que le permitía la lubricación, y
cuando llegaba a la punta palpitante de Crisanto, volvía
a bajar y comprobaba el placer del que reincide, del que
vuelve a empezar. En una de esas bajadas, Fátima ya no
pudo subir más y Crisanto sintió cómo lo apretaba con
su vagina y se confundían las pulsaciones de ambos
sexos. Fátima estaba teniendo su primer orgasmo,
temblaba, contenía la voz y presionaba el miembro de

Crisanto desde la punta hasta la base. Esa presión hizo eyacular a Crisanto también, que involuntariamente penetró con más fuerza a Fátima con un leve impulso de pelvis mientras disparaba semen. Ella dio un salto brevísimo y lanzó un quejido corto y contenido. Los orgasmos se habían encontrado casi al tiempo, dos virginidades justamente rotas, un amor consumado. Y en el interior del sexo de Fátima, dos humedades confundidas.

Esa fue la primera de las muchas ocasiones. Hacían el amor en el jardín, en los camarotes y sobre todo en el lavadero. La pasión los hizo perder cuidado. Era más que evidente que alguien se iba a enterar de su secreto. Fueron vistos en pleno acto por una hermana que se mordía de envidia. La cosa llegó a oídos de la Madre Superiora y vetaron por siempre a Crisanto en el convento. Pedro Camacho no lo cuenta así. Lo que él dice es que a Crisanto Maravillas no le permitieron más la entrada a Las Descalzas porque la Superiora lo vio orinando, o como lo dijo el pudoroso escribidor, lo descubrió vaciando la vejiga; según él, esa fue razón suficiente para que la Superiora se diera cuenta de que no era ningún niño a pesar de lo escuálido que se veía; y de que suponía un peligro para la castidad de las monjitas. En esta parte del relato creo que Camacho simplemente quiso darle humor a su historia al describir a la Madre Superiora cambiando de color y con un ataque de hipo al encontrarse con la verga superdotada de Crisanto Maravillas. La verdad fue más escandalosa que ver a alguien vaciar la vejiga, fue el sexo como símbolo corruptor de la pureza. Lo cierto es que la

Madre Superiora no permitió jamás que los enamorados se volvieran a ver y ocultó la situación para mantener la reputación de Las Descalzas. Crisanto Maravillas siguió componiendo canciones, esta vez al desamor, y se entregó perdidamente a la bebida. De Fátima nunca supimos nada porque el claustro religioso se volvió más hermético. No murieron juntos en medio de un incendio en la iglesia como dijo Pedro Camacho, pero pensándolo bien, hubiese sido un final menos trágico que ese de estar vivos e imposibilitados para amarse como Dios manda, como tristemente pasó.

Milagro en el Agua
Joan Frances Fondevila

Con un estilo ameno, marcadamente personal y una fina habilidad para llevarnos de la mano y no darnos cuenta, el autor relata, en una ficción con base histórica, cómo en una noche infernal un diluvio pone en jaque a la población de una pequeña localidad de la costa mediterránea. Aquel hecho marcará para siempre la vida de sus gentes quienes habrán de lidiar con las consecuencias de aquella fatídica noche: la incertidumbre alojada en sus vidas, la dificultad de las relaciones, la fragilidad y el poder de los sentimientos y del deseo. Trasluciendo una mirada tremendamente humana sobre la amistad, la pasión y el amor, "Milagro en el agua" es una hermosísima novela que nos habla con asombrosa sinceridad de la complejidad del amor y de su poder torrencial para enfrentar las situaciones más difíciles.

Otros títulos de la Colección "De mil amores"

La esposa de Johan
Viviana Hernández Alfoso

Una antigua gran casona y una saga familiar son el eje de "La esposa de Johan", una historia que desde los primeros párrafos logra retenernos en su lectura. Descubrir a Sancia, una mujer fuerte e independiente de finales del siglo XIX, mientras espera la inevitable muerte de su madre, lleva a su nieta a desvelar los oscuros acontecimientos que dieron origen a la colonia rural DeGroot y que marcaron para bien o para mal la vida de sus descendientes. Una hermosa y tormentosa historia de amor, tres mujeres, tres épocas y el mismo dilema: la búsqueda de la elusiva felicidad. La autora teje un relato generacional en clave de intriga con un poderoso uso de una prosa firme y resuelta.